Andreas Heßelmann
Keine Zukunft
Der vierte Mallorca-Roman

Bibliografische Information der
Deutschen Nationalbibliothek:
Die Deutsche Nationalbibliothek verzeichnet diese
Publikation in der Deutschen Nationalbibliografie;
detaillierte bibliografische Daten sind im Internet über
http://dnb.dnb.de abrufbar.

TWENTYSIX – Der Self-Publishing-Verlag
Eine Kooperation zwischen der
Verlagsgruppe Random House
und BoD – Books on Demand
Alle Rechte vorbehalten.

© 2020 Andreas Heßelmann
andreas-hesselmann.de

Herstellung und Verlag:
BoD – Books on Demand, Norderstedt

ISBN: 978-3-7407-6998-7

Lektorat und Korrektorat: Brigitte Bausch
Coverfoto: Andreas Heßelmann
Autorenbild: Rainer Simon

Lo que decidas hacer,
asegurate que te haga feliz.
Was auch immer du tust,
stelle sicher, dass es dich glücklich macht.

Prolog

Im *Son Llàtzer* war man vorbereitet. Die Notaufnahme war in Habachtstellung. Die Gerätschaften, um den Magen auszupumpen, standen bereit. Denn aufgrund des vorher erfolgten Telefonats wusste man bereits, dass dieser Patient der neunte Fall sein würde, der innerhalb der letzten drei Tage diese Symptome aufwies. Übelkeit, Erbrechen, Bauchkrämpfe. Letztere mit ungeheuren Schmerzen verbunden. Morgens um halb vier. Das Universitätskrankenhaus *Son Espases* hatte ein Blatt mit Empfehlungen zusammengestellt und rübergefaxt. Doctor Eugenio Jiménez Vilanova kontrollierte die Liste und die bereitstehenden Medikamente. Keine Minute später schon schoben zwei Sanitäter auf einer Krankenwagenbahre einen sich windenden und vor Schmerzen schreienden Mann mittleren Alters in den Gang.

„Haben Sie ihm kein Beruhigungsmittel gegeben?", fragte Jiménez etwas ungehalten und erhielt nur einen stummen Fingerzeig des ersten Sanitäters auf sein Namensschild: *auxiliar técnico sanitario,* medizinisch-technischer Assistent. Er durfte also nur fahren und nichts verabreichen. Der noch junge Arzt, erst vor einem halben Jahr war er an das Krankenhaus gekommen und hatte sich nun zunächst gehäuft mit den schlechteren Arbeitszeiten zu begnügen, griff hinter sich und zog eine Spritze auf.

„Und die Unterlagen mit seinen Daten? Ich werde gleich den Schlauch einführen."

Er erhielt ein Blatt, das er sofort unter das Kopfkissen auf der Bahre schob und wandte sich an den Mann auf ihr. Dessen Gesicht war so weiß wie das Papier und schweißnass, die Augen weit aufgerissen, die Lippen bebten.

„Müssen wir etwas beachten? Vorerkrankungen? Nehmen Sie Medikamente? Sind Sie Diabetiker? Hatten Sie in letzter Zeit Operationen? Können Sie sich an Ihre Mahlzeiten erinnern?"
Sein Schwall an Fragen wurde jeweils nur mit einem verkrampften Kopfschütteln beantwortet. Es war unverkennbar, der Mann hatte wirklich große Schmerzen.

Jiménez Vilanova drehte sich um und gab einer Assistenzärztin Anweisungen und machte zwei Sanitätern ein Zeichen, die Bahre in Raum 4 zu schieben. In diesem wartete eine weitere, noch im Studium befindliche Ärztin. Mit Mundschutz, OP-Kasack, -Haube und -Brille regelrecht verkleidet, als drehe es sich gleich um eine Blut spritzende Operation. Oder auch, weil sie es satthatte, von Jiménez Vilanova ständig wie ein Weltwunder angeschaut zu werden. Was er dann auch prompt tat, als er sie sah.

„Wir operieren nicht am offenen Herzen", meinte er süffisant: „Helfen Sie uns, ihn auf die Behandlungsliege zu wuchten!"
Im gleichen Moment standen die beiden Sanitäter neben der Krankenwagenbahre, griffen nach dem Tuch, auf dem der Mann lag, und hoben ihn zusammen mit Jiménez Vilanova und der jungen Ärztin auf die Liege. Er stöhnte beim Herablassen und rollte sich etwas auf dem Rücken liegend zusammen. Jiménez Vilanova drückte ihn sofort hinunter und zog den Wagen mit dem bereitgestellten Spülsystem heran.

„Wenn Sie sich noch mal übergeben, dann ... oder auf die Toilette?"
Der Mann schüttelte heftig den Kopf. In ihm war nichts mehr, außer diesem widerlichen Schmerz, als wäre ein Tier in ihn hineingekrochen und hätte sich in seinem Darm festgebissen.

„Nun, dann wollen wir mal."

Der Arzt schob den dicken Schlauch in den Mund des Patienten und streckte dabei dessen Hals, indem er die andere Ärztin seinen Kopf nach hinten drücken ließ. Kaum begann er den Schlauch einzuführen, würgte der Mann und begann zu husten.

„Müssen Sie sich doch erbrechen?"

Wieder ein Kopfschütteln.

„Dann müssen Sie das leider aushalten."

Freundlich oder gar mitfühlend klang das wahrlich nicht. Jiménez Vilanova schob langsam den Schlauch weiter und erklärte der vermummten Ärztin wie ein Prof an der Uni, der einer dummen Neuen an der Puppe etwas erklären musste:

„Wird ja im Grunde genommen nur noch selten gemacht, aber wichtig ist in jedem Fall, dass Sie dabei verhindern, dass Magenflüssigkeit oder Spülflüssigkeit in die Atemwege gelangen und der Patient aspiriert."

Nach einer Weile hatte der Schlauch wohl sein Ziel erreicht und die Maschine begann die lauwarme Kochsalzlösung in den Magen zu füllen, die sich dort für einen Moment ausbreitete, den noch vorhandenen Inhalt umspülte und sogleich wieder mit einem leise schlürfenden Geräusch absaugte. Wieder hustete und würgte der Mann. Sekunden später wurde der Schlauch herausgezogen. Dann ließ es nach, auch das Beruhigungsmittel schien zu wirken.

„Klar. Das ist nicht besonders angenehm", dozierte Jiménez Vilanova und die junge Ärztin quittierte den Spruch mit rollenden Augen. Ihr war nicht entgangen, dass dies nun schon der neunte Fall war. Und das innerhalb von nur 72 Stunden. Natürlich gab es oft genug Touristen, die das ein oder andere Essen nicht vertrugen, Montezumas Rache war nichts Besonderes in diesen Zeiten, aber seit gestern, nachdem der sechste Patient am späten Vormittag ins *Son Espases* eingeliefert worden war, begann man zu ahnen, dass es sich nicht um schlechtes oder verdorbenes Essen drehte. Die aufgefangenen Flüssigkeiten ließen leider nur einen, einen völlig anderen Schluss zu. Nur war noch überhaupt nicht klar, wo die Quelle war. Zumal alle Patienten keine Touristen, sondern Einheimische waren.

„Wir verabreichen dann nachher wieder Tetracyclin nullkommafünf, viermal täglich."

„Aber wir wissen doch inzwischen, dass es sich nicht um ein Magengeschwür handelt ...", insistierte die angehende Ärztin.

„Sie sollten es eigentlich wissen, denn der Effekt, der im Magen entstanden ist, ähnelt einer Geschwürerkrankung. – Deshalb. – Was bei der Laboruntersuchung herauskommt, sehen wir ja. Dann können wir immer noch reagieren."

Dieser Typ würde keinen Ehrenplatz in ihrer Ausbildung erhalten, dachte sie, und hoffte im nächsten Jahr doch im *Son Espases* oder auf dem Festland eine weitere Praktikumsstelle zu bekommen. Sie schaute auf den Patienten, der wie alle anderen vor ihm nun mit fiebrigen Augen um sich schaute. Zwar hatten die Krämpfe nachgelassen, aber sein Blick flirrte und auch seine Finger und Hände begannen zu zittern. Wenn es stimmte, was im anderen Krankenhaus herausgefunden worden war, handelte es ich auch hierbei wieder um eine virale Erkrankung. Keiner konnte sich erklären, wie sie zustande kam. Allerdings hatte sie sich gestern den Laborbefund näher angesehen und anschließend darum gebeten, ein Auge auf die Ergebnisse des Blut- und Bestätigungstests und die Polymerase-Kettenreaktion werfen zu dürfen.

Jiménez Vilanova zog sich seine Handschuhe aus und warf sie nahezu achtlos auf die Maschine. Er klopfte dem Mann noch leicht auf die Schulter und war in der nächsten Sekunde schon verschwunden. *Machen Sie ihn dann fertig?*, war das Einzige, was die beiden *médica* noch hörten.

„Idiot!", zischte die Assistenzärztin und sah ihre junge Kollegin an: „Seine Freundin tut mir echt leid."

„Der hat eine Freundin?", fragte die andere, nahm dabei die Brille ab, schob die Haube vom Kopf und gab auf diese Weise ihren langen braunen Haaren wieder den Platz, der ihnen zustand. Anschließend legte sie den OP-Kasack ab. Die Assistenzärztin schaute ihr bewundernd zu und nickte anerkennend.

„Kein Wunder, schöne Elena, dass er dich immer anglotzt wie das achte Weltwunder. Bei der Figur. Und dann noch die Haare. – Du siehst einfach umwerfend aus. – Dass du keinen Kerl hast, kapier ich nicht."
Elena schmunzelte und zuckte mit der Schulter.

„Hast du einen?"
Währenddessen hatten sie den Mann gesäubert und übergaben ihn wieder an die beiden Sanitäter, die draußen auf dem Gang gewartet hatten und nun wieder hineinkamen, um ihn dann auf Station zu fahren.

„Nein. Im Moment auch nicht. – Wie lang geht deine Schicht noch?", wollte die Assistenzärztin wissen.

„Bis acht, Teresa. Ich mach noch den Bericht hierfür fertig – und dann geh ich noch mal in die Bereitschaft. Ich hoffe, das war der letzte Fall für heute. Ist schon seltsam. Der neunte schon in so kurzer Zeit. – Wollen wir zusammen dann einen Kaffee trinken gehen? Ich hab' seit gestern um zehn oder elf nichts mehr gegessen."

„Sehr gern! Sagen wir um neun, vorne im *Can Matias*. Dann machen die auf."
Sie nickten sich zu und Elena Muñoz schaute Teresa, ihrer Kollegin, und dem armen Kerl auf der Bahre hinterher. Dann nahm sie den Zettel mit den Daten und

ging in das kleine Büro der Notaufnahme, um alles ins System einzugeben. Die wenigen Dinge der Anamnese, Dispositionen, behandelnder Arzt, die bescheuerte Medikation und so weiter. Anschließend den Namen des Patienten. Adrián Zacarias. Es dauerte nur eine Sekunde, doch dann stutzte sie schon und ihre grünen Augen wurden schmal. Der Name sagte ihr was. Sie lehnte sich zurück und überlegte. Flüsterte ihn nochmals leise vor sich her: Adrián Zacarias. Erkannt hatte sie ihn nicht. Und er sie nicht. Sie kannte ihn also nicht persönlich. Einen Künstlernamen konnte sie auch nicht damit verbinden. Hatte ihr jemand von ihm erzählt? In welchem Zusammenhang dann? Sie lehnte sich ein wenig zurück und ging die Namen ihrer Freundinnen durch. Aber als Name eines Freundes von ihnen konnte sie ihn auch nicht identifizieren. Wie war das noch mit Fabiola? Hatte die überhaupt einen? Fabiola. Eine leise Ahnung kam hoch. Gerade sie betreffend. Da war was vor über einem Jahr. Vor sich hin nickend schaute sie auf die Uhr. 4 Uhr 45. Um die Zeit würde sie noch niemanden erreichen. Sie gab die letzten Daten ein und beschloss, um acht Uhr in der Früh bei der Polizei anzurufen. Plötzlich war sie sich sicher, woher sie den Namen kannte. Und dass die CNP mit ihm auch was anfangen konnte.

Alle Dinge enden,
wenn ihre Anfänge nicht intakt gehalten werden.
Charlotte Wolff

1. September, 20 Uhr 00

„Wenn wir es ernst miteinander meinen, dann lass uns nichts überstürzen", antwortete Ramon nach einer Pause: „Im Moment möchte ich dasselbe wie du. Ganz bestimmt. Aber ich möchte auch, dass wir danach keinen Kater verspüren und alles bereuen. Ich möchte dich nicht verletzen. Du hast genug hinter dir. Ich möchte dich auch nicht verlieren. – Was hältst du davon: Du ziehst dir etwas Warmes an und wir gehen zusammen essen. Ich kenne ein gutes Restaurant in der Nähe. Mein Dienst endet hier in zwei Wochen. Komm also wieder vorbei, wenn du dann noch magst, und wir gehen nicht in ein Hotel, sondern zu mir, was wahrscheinlich besser sein würde, damit du nicht ständig an dein Zuhause, die beiden Jungs und deine sonstigen Pflichten denkst."
Der Klang seiner Stimme war ruhig, warm und ehrlich. Was er sagte, stimmte. Und was sie fühlte, war richtig. Heute. In diesem Moment. Jetzt, wusste sie, würde sie wiederkommen. Nicht gleich morgen, aber in zwei, drei Tagen. Sie hatte eine Woche Zeit. Pelleter hatte zwar lang überlegt, gab aber dann doch sein Einverständnis, als sie ihn anrief und um eine Woche Urlaub bat. Sie hatte den Eindruck, er wusste längst Bescheid und lächelte deswegen. Sie musste einfach einiges nachholen und das waren keine Dummheiten. Ramon war, auch das wusste sie, wie auch immer alles ausgehen würde, der Richtige für alles. Sie drängte ihren Unterleib an seinen, dann reckte sie sich hoch, zog seinen Kopf wieder herunter und küsste ihn. Dieses Mal richtig. So wie es sich gehörte. Wie in den Kitschromanen, die ihre Mutter ab und zu las. Nass und nahezu unanständig. Die Blicke der Leute, die an den hohen Tischen vor dem Eingang ihr Bierchen tranken, waren ihr egal.

„Ich komme ganz bestimmt", antwortete sie ihm mit Tränen in den Augen, nachdem er ihren Kuss wie erhofft erwidert hatte, „egal, wie alles ausgehen wird. Ich danke dir für das, was du mir heute gegeben hast. Du kannst mir glauben, so etwas habe ich noch nie erlebt. Und alles, was ich sage, klingt vielleicht kitschig und komisch, dumm oder albern, nach kleinem Mädchen oder verrückter Tante. Aber ich habe heute etwas kapiert – dank dir – und beginne deshalb etwas nachzuholen – und ich glaube, das geht wiederum auch nur mit dir. – In fünf Minuten bin ich zurück."

2. September. 6 Uhr 05

Eine Stunde hatte er geschlafen. Nun ja, geruht. Jetzt lauschte er. Nichts war zu hören. Sie hatten ihn in einem Einzelzimmer untergebracht. Wegen des Virus, das er vielleicht hatte. So ein Quatsch, woher sollte er das haben? Am Nachmittag wüssten sie Bescheid. Von wegen! Am Nachmittag wäre er nicht mehr hier. Er setzte sich in seinem Bett auf und dann auf die Kante. Als er aufstehen wollte, schwankte er ein wenig und schlug gegen die Wand. Er schob sich hoch, schüttelte darüber leise lachend den Kopf und wischte sich über die Stirn, sie war klatschnass. Egal, sich an der Wand abstützend schleppte er sich zum Schrank, darin hatte man seine paar Kleidungsstücke gelegt. Langsam bückte er sich und nahm sie aus dem untersten Regal. Wieder musste er ein paar Sekunden verharren und ausruhen. So ein Blödsinn! Dieser Mist im Magen hatte ihn tatsächlich aus der Bahn geworfen. Während er Luft holte, versuchte er sich daran zu erinnern, was er gestern Abend gegessen hatte. Konnte da etwas Verdorbenes bei gewesen sein? Gestern war der Erste gewesen. Erna war schon weggefahren. Hatte er danach überhaupt was gegessen? Die letzte Mahlzeit, an die er sich wirklich erinnern konnte, war die mit Zoppelli im *Balear*. Das Orangenmenü. Das war nicht verdorben oder so, sondern sicherlich gut. Ihm hatte es auf jeden Fall hervorragend geschmeckt. Er machte einen zweiten Versuch, richtete sich auf und schlurfte die eineinhalb Meter ins Bad. Er glaubte, dafür Stunden zu brauchen. Ein Fieberanfall ließ ihn zittern. Ihm wurde schlecht und er hängte sich vorsichtshalber über die Toilette. Aber es war nur ein knorriges Geräusch, das aus seinem Bauch nach oben stieg. Er hüstelte ein paar Mal, spuckte ins Waschbecken und räusperte sich dann. Der Geschmack in seinem Mund war unerträglich. Als wenn Magen und Darm den falschen Ausgang gewählt hätten. Er nahm ein paar Schluck aus dem Wasserhahn und spülte seinen Mund. Besser wurde es nicht unbedingt. Aber wenigstens das Durstgefühl war nun etwas weg. Wieder mühevoll wusch er sich die Hände und das Gesicht. Auch das brauchte viel zu lange Minuten. Dann trocknete er sich ab. Sein Gesicht hinterließ eine gelbliche Spur im Tuch. Angewidert schüttelte er den Kopf, sah in den Spiegel und sah gleichzeitig nichts und begann sich deshalb und wieder umständlich erst das Krankenhemd aus-, dann seine Sachen anzuziehen. In die Schuhe zu schlüpfen war scheinbar auch komplizierter als gedacht. Er setzte sich auf die Klobrille und benötigte links wie rechts mehrere Anläufe. Endlich war er angezogen und kontrollierte sein Aussehen im Spiegel. Er griff in die Hosentasche und zerrte sein Handy und die Geldbörse hervor. Ja, es war noch genug Geld drin. Über 500 Euro. Er grinste. Das sollte doch für ein Taxi reichen. Also tippte er die Nummer des 24-Stunden-Service: 697 ... Sofort hatte er Anschluss.

Zwanzig Minuten müsste er leider warten. Ist schon gut, meinte er und dachte: „Wenn ich überhaupt so schnell unten bin." Dann öffnete er die Tür und schaute vorsichtig in den Gang. Niemand war zu sehen. Mit einer Hand an der Wand hangelte er sich langsam in Richtung Aufzüge. Schon nach ein paar Schritten wusste er, die Zeit könnte knapp werden. Auch zwanzig Minuten waren manchmal nicht allzu lang. Mit jedem Schritt hatte er mehr Mühe, Luft zu bekommen. Und der Aufzug war sicher noch zehn Meter entfernt. So was konnte man auch unter sportlich verstehen, ging ihm durch den Kopf. Genau in dem Moment, als er auf den Knopf drückte, wurde ihm schwarz vor Augen.

„Was hatten Sie denn vor?", hörte er über sich eine belustigt klingende Stimme. Zacarias versuchte sich aufzurichten, aber seine Glieder versagten ihm erneut den Dienst. Stattdessen bat er die Stimme um Hilfe:

„Können Sie mir helfen aufzustehen? Ich muss hingefallen sein. Entschuldigen Sie! So etwas Dummes. Ist mir noch nie passiert."

Er versuchte es ein weiteres Mal und es klappte wieder nicht. Stattdessen suchte er den vielleicht helfenden Arm seines Gegenübers. Komisch, dass er die Person nicht richtig erkennen konnte.

„Aufzustehen?", fragte die Frauenstimme über ihm. „Wohin wollen Sie denn? Verdammt noch mal. Hier gibt's nichts zum Aufstehen. Sie bleiben jetzt hübsch im Bett. Wir können Sie auch anbinden."

Erst jetzt merkte er, dass er wieder in einem Bett lag. Wieder im Krankenhausnachthemd. Wieder schweißnass.

2. September, 6 Uhr 15

Die Nacht war unruhig und ihr Bett nass geschwitzt. Unausgeschlafen und daher gerädert setzte sie sich auf und lehnte sich an das harte Kopfteil. Mögliche Träume waren durch ihr schlechtes Gewissen zerstört worden. Immer wieder war sie aufgewacht und ins Grübeln gekommen. Irgendwann schrieb sie eine Nachricht an ihre Mutter. *Bitte lasst mich ein paar Tage in Ruhe! Bitte!* Nichts weiter. Kein *Ich liebe euch* oder *Ich komme bald wieder* oder Ähnliches. Keinen Grund. Nicht, dass es wahrscheinlich noch eine Woche so ginge.

Jahrelang hatte sie versucht, sich zu orientieren, sich neben den Leben, das die anderen lebten, ein eigenes zu finden. Doch stattdessen hörte man an ihr vorbei, wenn sie glaubte, eine gute Richtung gefunden zu haben. So irrte sie durch die Tage, die Monate, die Jahre. Die Orientierung wurde durch Anforderungen dargestellt und umhüllten ihren Alltag wie ein Korsett, das sie schwer atmen ließ.

Sie versuchte sich daran zu erinnern, wie es war, als ihre Jungs noch kleine Kinder waren. An unbeschwerte Stunden. An einen Tag am Meer oder auf einem Spielplatz, auf dem sie rumgetobt und gelacht hatten. Aber sie erinnerte sich immer nur an das Geschrei von Juan, an seine Schläge. Dabei war sie sich sicher, dass dies alles nicht täglich geschehen war. Diego und Rafael waren normal geblieben. Die Schäden, die sie in ihrer Kindheit hätten bekommen können, hatte sie selbst abgefangen und vielleicht dadurch abgekriegt. Während Diego bereits seine ersten Erfahrungen mit einem Mädchen machte und Rafael in seiner Fußballmannschaft Stammspieler geworden war, suchte sie noch nach einem Halt, der ihr Wärme schenkte.

Dass sie damit nicht Miguel verband, wunderte sie. Aber noch mehr, dass er nun so schnell aus ihren Empfindungen verschwand. Dabei hatten sie erst vor etwas mehr als 24 Stunden miteinander geschlafen.

Kurz erfasste sie stattdessen das Gefühl, Ramons Haut und Wärme nun zu spüren. Sie verschränkte ihre Arme vor sich und rieb Arme und Schultern, gerade so, als würde er sie nun in den Arm nehmen, streicheln und wärmen. Wie nach dem Besuch im Restaurant, dessen Name sie gleich nach Betreten wieder vergessen hatte, denn ab diesem Moment hatte sie nur noch ihn im Kopf. Hörte ihm zu, lauschte dem Klang seiner Stimme, die die Gabe hatte, ihre Seele wie ein warmer Schal zu umhüllen und zu wärmen. Diese Wärme war es, die sie in sich aufsog und die sie trotz Miguel, trotz seiner Bemühungen, trotz dieser Nacht vermisste. Ramon hingegen sah sie an und sie wusste in der Sekunde darauf schon nicht mehr, was er erzählt hatte.

Albern, schoss ihr durch den Kopf. Sie benahm sich töricht und albern. Und undankbar. Und ungerecht. Sie war es doch gewesen, die Miguel mit aufs Zimmer genommen hatte. Sie hatte sogar ihre egoistische Lust durch ihn befriedigen können. Sie hatte seine Wärme ausgenutzt. Aber sie hatte diese auch nicht gespürt, ja, vielleicht auch nicht spüren wollen. Weil sie in der Sekunde danach schon wusste, dass es zu Ende war.

Wahrscheinlich würde sie deshalb schon bald zurückkommen, um zu erfahren, ob Ramon dieser Wärme fähig war. Dessen war sie sich sicher. Ja, im Moment konnte sie sich nicht einmal vorstellen, ihn überhaupt oder auch nur für einen Tag allein zu lassen. So gewaltig hatte er ihre Gefühle durcheinandergebracht und erobert. Und sie konnte schon nicht mehr den Moment benennen, in dem sie sich in ihn verknallt hatte.

Sie zog das ohnehin feuchte *Socorrista*-Shirt aus, um ihn besser zu spüren, und legte ihre Arme wieder um sich selbst. Kaum schloss sie aber die Augen und stellte sich ihn statt ihrer Hände vor, begann sie zu weinen. Sie war wieder eine Rabenmutter, Ehebrecherin und Lügnerin. Sie war wieder das, was sie Miguel an den Kopf geworfen hatte: egoistisch, uneinsichtig und selbstsüchtig. Sie war wohl verrückt geworden.

Sie griff nach links und zog ihr Handy von dem kleinen Brett neben ihrem Bett und schaute auf das Display. Aber sie hatte Ramon nicht ihre Nummer gegeben. Er konnte ihr also gar keine Nachrichten schicken. Als sie die Fülle der anderen Nachrichten sah, schob sie den ganzen Block, ohne zu zögern, in den Papierkorb. Nicht heute. Nicht morgen. Am besten gar nicht wollte sie nachsehen und nur Vorhaltungen und dumme Fragen lesen. Antworten hätte sie eh keine gehabt. Und ihre Bitten hatte ja keiner gehört und lesen wollen. Warum jetzt? Sie alle würden noch früh genug erfahren, was sie nun von ihnen für ihr Leben erwarten würde.

Dann stand sie auf, zog sich aus, um ihre Shorts und das andere Shirt anzuziehen. Ihr Smartphone zeigte 6 Uhr 35. Er wäre also nicht am Strand. Bis er anfing, wäre sie längst geduscht und säße unten beim Frühstück. Sie band die Schnürsenkel zu, schnappte sich den Zimmerschlüssel und das Handy und die kleinen Ohrhörer. Wenn die Sonne in einer halben Stunde aufging, wollte sie die passende Musik hören. Sie ging nach draußen und fünf Minuten später war sie schon am *Burger King* vorbeigelaufen. Vielleicht würde sie das Tempo bis zu diesem kleinen Park *Lläut* durchhalten, dort könnte sie sich auf eine Bank setzen und den Tag kommen lassen. Ein guter Start in ein neues Leben, wie sie fand.

Auf Höhe des *Balneario 3* überholte sie eine Frau, die Inés anlächelte und ihr hinterherrief:

„Renn nicht so schnell! *¡Guapa!* Denk dran: Laufen, nicht wegrennen. Genieß lieber dein Leben. Wenn du aus der Puste bist, hast du nichts davon und die anderen schnappen es dir weg."

Inés lachte. Wie konnte man nur so viel sagen und dabei nicht aus der Puste kommen. Sie drehte sich um und rief der Frau zu:

„Ich habe gerade angefangen, es zu üben! Danke!"

2. September, 8 Uhr 10

Elena Muñoz hatte Schwierigkeiten, das, was sie zu berichten hatte, vernünftig zu erklären. Sie hoffte, allein der Name, den sie nun nennen würde, reiche aus:

„Ja, Adrián Zacarias heißt er."

„Und – Entschuldigung – da sind Sie sich ganz sicher?"

„Mein Gott! Ich habe das Anmeldeformular vor mir liegen und war bei der Untersuchung und der Magenspülung dabei. Ich schreibe sogar den Bericht."

„Bitte! – Bitte! Warten Sie! Nur einen kurzen Augenblick! Ich will sehen, ob der Inspector vielleicht schon da ist."

Sie hörte ein Klacken. Wohl der Telefonhörer, wie er mit Schwung auf den Schreibtisch gelegt wurde. Sofort war im Hintergrund eine gewisse Aufregung zu vernehmen. Auch ein paar Flüche. Sie schaute auf die Uhr und schüttelte den Kopf. Wie schön, gleich wäre der Spuk vorbei und sie ginge mit ihrer Kollegin einen Kaffee trinken und vielleicht ein wenig das Büfett im *Can Matias* räubern.

„Hören Sie? – Ja? – Der Herr Inspector ist noch in einer Besprechung. Wie lange können wir Sie vor Ort erreichen? Sobald er in seinem Büro eingetroffen ist, kommen wir vorbei. Der Patient – also dieser Zacarias – ist ja dann sicher auch noch da, oder?"
Elena pustete und rollte mit den Augen. Der schon, aber ich bin dann definitiv nicht mehr da. Ich hatte Nachtschicht, falls du weißt, was das ist, und gehe dann nach Hause und vorher einen Kaffee trinken. Das bekommt ihr ja wohl alleine hin.

„Es tut mir leid. Aber in einer halben Stunde bin ich weg. Señor Zacarias liegt auf 207. Und *médico* Jiménez Vilanova ist ohnehin der behandelnde Arzt."
Und damit legte sie auf.

2. September, 9 Uhr 40

Sanchez Olivero schüttelte es, als er den langen Gang zu den Zimmern betrat. Die Mischung der typischen Gerüche eines Krankenhauses war ihm schon immer zuwider. Ihm hatte es schon früher als Jugendlicher gereicht, wenn er in Madrid seine Mutter im *Hospital Universitario Ramón y Cajal* in der Chirurgie besuchte. Sie hatte dann immer gelacht und gemeint: *Das riechst du dann nicht mehr.* Doch jetzt war diese Mixtur aus Desinfektionsmitteln, Blut, lauwarmen Getränken, die angeblich Tee oder Kaffee sein sollten, abgestandenem Essen und diversen Ausscheidungen besonders schlimm. Er suchte die Nummern an den Türen ab und blieb vor 207 stehen. Dann drehte er sich zu den zwei Polizisten um und bedeutete ihnen, hier zu warten. Mit einem Schnaufen setzte er sich die Schutzmaske auf, schüttelte den Kopf und betrat den Raum, ohne anzuklopfen.

„Das ging jetzt schneller als gedacht", meinte er drinnen und sah auf den bleichen Zacarias hinunter, der ihm sein Gesicht nur etwas zuwandte. Sanchez Olivero wartete ein paar Sekunden ab, bevor er ergänzte:

„Heute Nachmittag werden Sie in die Krankenstation des *Centro Penitenciario,* der Haftanstalt, überführt, da werden Sie wohl ein paar Tage bleiben müssen. Und dann werden wir sehen."

Langsam faltete er ein Blatt Papier auseinander und hielt es Zacarias vor die Nase. *Haftbefehl abliefern und gleich wieder gehen,* dachte er. Aber außer einem angewiderten Stöhnen erhielt er keine Antwort. Wahrscheinlich wirkte das Bild, das er mir seiner Atemmaske und dem Papier bot, nicht besonders intelligent, denn er glaubte ein spöttisches Lächeln in Zacarias' Gesicht zu erkennen. Wieder kam keine Reaktion.

Im gleichen Moment öffnete sich die Tür und eine Frau im weißen Kittel kam rein. Wohl eine Ärztin. Um ihren Hals ein Stethoskop und in ihrer Hand irgendwelche Papiere, die sie ihm mit einem sanften Lächeln reichte. Oder amüsierte sie sich über sein Aussehen?

„*¡Buenos días!* Carmen Varela, ich bin die Stationsärztin. Das hier sind die Unterlagen von heute Nacht, meine Kollegin Señora Muñoz hat sie mir heute Morgen gegeben. Vielleicht schaut sie aber nachher noch selbst vorbei. Sie hatte ja auch angerufen, sie meinte, sie hätte vielleicht noch was." Sie zuckte mit den Schultern und wollte gerade gehen, als sie noch fragte: „Was hat er angestellt?"

Sanchez Olivero schüttelte entschuldigend den Kopf und meinte:

„Danke! Ich darf nur die Papiere übergeben ..." Dann zu Zacarias gewandt: „Das hier ist eine Kopie. Auf der steht, warum aus den Tagen vielleicht ein paar Jahre werden könnten. Mit Ruiz Castedo haben wir auch schon telefoniert. Er stünde zur Verfügung, wenn Sie ihn brauchen."

Aus dem maliziösen Lächeln wurde plötzlich ein verächtlicher Blick und Zacarias versuchte sich etwas aufzusetzen. Doch nach den weiteren Durchfallattacken in den letzten Stunden war seine Kraft gänzlich verschwunden.

„Wenn ich ihn brauche. Das ist ja wohl der größte Blödsinn, den er verzapfen kann", wiederholte er kraftlos: „Was hat er Ihnen denn erzählt?"

„Alles, was wir bezüglich unseres Falls wissen müssen. Weitere Angaben darf ich auch Ihnen nicht machen", antwortete Sanchez Olivero etwas lustlos. Was er über Zacarias erfahren hatte, war genug gewesen, um ihm die Laune zu verderben. Er wollte jetzt nur noch schnell dieses Zimmer verlassen. Das Krankenhaus. Sowie diesen eigentümlichen Geruch, von dem er glaubte, ihn noch in Tagen in der Nase zu haben, und der hier eine besondere Note hatte. Was sollte er mit diesem Adrián Zacarias noch diskutieren. Der würde sich nur herausreden wollen. So fuhr er im selben Ton fort:

„Weswegen Sie verhaftet sind, lesen Sie auf diesem Blatt. Alles andere werden Sie mit Ihrem Anwalt besprechen. Hiermit sind Sie jedenfalls nach Artikel 492 Nummer 2 festgenommen. Ruiz Castedo kann Ihnen den Rest erklären. – Wenn Sie wollen. Den Rest macht der Staatsanwalt."

„Ich würde zu gern wissen, was dieser Idiot meinte über mich zum Besten geben zu können? – Der steckt doch – egal, was auf diesem Wisch steht – ganz fett mit drin."

Der Inspector zögerte und strich sich über den Kopf. Das wusste er auch. Dieser Anwalt war vielleicht sogar eine der Triebfedern. Aber das durfte gern im Prozess geklärt werden. Ihm reichte, dass Zacarias und der am Vortag verhaftete Martínez nun keine Mädchen mehr abschleppen konnten.

„Ich sage ja, das können Sie gerne mit ihm klären. Ich übergebe Sie jetzt meinen Kollegen. Wundert mich, dass Sie nicht nach – Erna fragen."
Zacarias hob nur seine Augenbrauen und schielte zum Fenster hinaus.

„Erna", echote er wieder tonlos nach ein paar Sekunden, „was wissen Sie schon über Erna?!"

„Dass wir sie auf Menorca auch haben festnehmen lassen", erwiderte Sanchez Olivero und drehte sich zur Tür: „Vielleicht können Sie sich denken, warum. Ach, was soll's – auf Wiedersehen."

„Aber ...", hörte er noch hinter sich, war aber dann schon wieder auf den Gang hinausgetreten und hatte die Tür geschlossen. Er lehnte sich gegen sie und nahm die Maske runter. Dann atmete er tief durch, obwohl die Luft hier nicht viel besser war. Sogleich verzog er deshalb das Gesicht und deutete mit verzogenem Gesicht nach hinten.

„Der gehört jetzt euch. Danke auch."
Es sollte ohnehin alles klar sein. Gerade als er sich zum Ausgang wenden wollte, um endlich rauszukommen, kam mit schnellen, klackernden Schritten eine junge Frau auf ihn zu. Schwarzer Minirock, weiße Bluse, offene lange dunkle Haare und schwarze High Heels. Ganz schön schick, wie er fand und ziemlich hübsch. Lächelnd bedeutete sie ihm, zu warten.

„Señor Sanchez Olivero?"
Ihr unerwarteter Anblick ließ ihn lediglich nur eine Augenbraue hochziehen und nicken.

„Ich bin Elena Muñoz. Ich hatte angerufen."

„Sie sind die Ärztin?" Er klang nicht davon überzeugt. Wo war ihr Kittel? Der Dutt?

„Noch nicht. Ich mache gerade mein praktisches Jahr und war heute Nacht für den Bereitschaftsdienst eingeteilt. Vielleicht ist es interessant für Sie, dass ich gerade gehört habe, dass zwei weitere Personen mit diesen Symptomen eingeliefert worden sind. Eine hier im *Son Llàtzer* und eine im *Son Espases*. Leider wissen wir noch nichts Genaues. Aber ich würde behaupten, dass es sich nicht um ein verdorbenes Essen dreht, denn die Leute haben nichts miteinander zu tun. Die beiden Personen sind jetzt Fall zehn und elf. – Innerhalb von drei Tagen. Das deutet eher auf etwas Bakterielles oder gar ein Virus hin. Vielleicht ist ein Produkt betroffen. – Ich hoffte Sie deswegen noch anzutreffen."

„Ein Produkt. Haben Sie schon gefragt, was gegessen wurde?"

„Natürlich. Aber da gibt es wohl noch keine Übereinstimmungen, falls sich alle richtig erinnern. Sie kommen auch aus verschiedenen Ortschaften. Ich habe ein bisschen Sorge. Natürlich könnte es nur ein unsauber hergestelltes Produkt sein, das in verschiedenen Geschäften verkauft wurde, aber vielleicht hat sich irgendjemand auch an irgendwelchen Lebensmitteln zu schaffen gemacht. Eben, weil sich niemand genau erinnern kann."

„Sie glauben, dass manipuliert wurde?"
Langsam versuchte er Richtung Ausgang zu gehen, um aus diesem Bau rauszukommen, und tat, als wenn er ihr mit einer Hand den Weg weisen würde.

„Das kann natürlich alles Zufall sein, aber ich finde das sehr seltsam. Normalerweise tauchen solche Erkrankungen lokaler, also in *einem* Hotel oder nach einem Essen in *einer* Bar auf, aber in diesem Fall ..."

Das klingt, als hättest du in letzter Zeit ziemlich viele schlimme Romane gelesen, die dich auf diese Idee gebracht haben, dachte Sanchez Olivero, nickte, nuschelte aber ein *Könnte natürlich sein.*

„Wissen Sie, solche Viruserkrankungen, wenn es denn eine ist, was ich aber glaube, funktionieren normalerweise wie ein Kettenbrief. Einer fängt an und dann überträgt sich das nahezu in konzentrischen Kreisen. Aber wie gesagt, dieser Ausgangspunkt fehlt mir hier."

Sanchez Olivero schaute sie an und blieb stehen. Im Prinzip hatte er nichts verstanden, vor allem nicht, was er damit zu tun haben könnte. Konzentrische Kreise. Okay. Aber Viruserkrankungen. Nicht sein Gebiet. Er hatte Zacarias. Das war das Gute an diesem Virus. Man könnte diesem Ding glatt gratulieren und einen Orden verleihen. Fast hätte er *Bravo* gesagt. Er öffnete die Tür zum Treppenhaus und wartete, bis sie durchgegangen war. Endlich nochmals bessere Luft.

Also gut. Er würde den Kollegen der *científica* Bescheid sagen. Die waren sicher froh, wenn sie mal eine besondere Aufgabe zu lösen hatten. Diese wirklich hübsche Ärztin war ja sicher nicht aus Blödsinn darauf gekommen, ihn deshalb anzusprechen. Sie könnte denen das sicher auch erklären. Daher meinte er:

„Ich muss zugeben, dass ich davon absolut keine Ahnung habe, werde es aber weitergeben, okay? Ich wüsste sonst nicht, wie ich weiterhelfen könnte. Normalerweise kümmern sich ganz andere Behörden um solche Fälle. – Dem da", er deutete durch die Tür in Richtung des Zimmers, „durfte ich nur einen Haftbefehl überbringen. Der wird Sie ab heute Nachmittag nicht mehr belasten, dann haben Sie schon wieder ein Zimmer mehr frei."

„Ja. Sagen Sie Ihren Kollegen Bescheid. Das wäre nett!", erwiderte sie mit ihrem viel zu freundlichen Lächeln und fügte noch hinzu: „Bitte verstehen Sie, ich habe wirklich meine Gründe. Die Wege unserer Behörde sind mir in diesem Fall – wie soll ich sagen – zu umständlich. Sie können jederzeit hier im Krankenhaus anrufen, wenn Sie noch irgendwelche Informationen benötigen." Ihre grünen Augen funkelten ihn an.

„Das kann durchaus sein." Er lehnte sich an die Wand, atmete noch mal durch und schaute sie an. Sie war wirklich hübsch. „Vielen Dank jedenfalls."

„Geht es Ihnen nicht gut?", fragte sie besorgt und legte eine Hand auf seinen Unterarm. „Ich bringe Ihnen ein Glas Wasser. Warten Sie!"

„Nein. Vielen Dank. Alles in Ordnung. Alles gut. Ich gebe zu, dass ich in Krankenhäusern immer etwas schwächle. War früher schon so. Dieser – wie soll ich sagen – Duft ... Dass Sie das den ganzen Tag aushalten?"

„Kein Problem!" Ihre Hand lag immer noch da. „Das riechen Sie dann nicht mehr."

„Ja. – Klar. – Sehr nett!", meinte Miguel, sah auf ihre Hand, war versucht sie zu berühren und lächelte diese Elena, so freundlich er konnte, an. Dann sagte er Danke, nickte nochmals und ging Richtung Ausgang. Mindestens drei Mal schaute er sich auf dem Weg nach ihr um. *¡Hombre!*, dachte er. *Vielleicht sollte ich mit ihr einen Kaffee trinken gehen,* schoss ihm durch den Kopf und er sah, wie Señora Muñoz auch ihn in diesem Moment anschaute. *Vielleicht sollte ich Teresa mal fragen,* schoss ihr durch den Kopf, sie grüßte und wartete, bis der Inspector in den Aufzug gestiegen war. Dann hob sie ihre Augenbrauen und schüttelte den Kopf. *Was war das denn?*

2. September, 10 Uhr 35

In der *Simó Ballester* wurde er von einem aufgeregten Andreu gleich an der Tür in Empfang genommen. Miguel wollte an ihm vorbei und grüßte ihn deshalb nur kurz. Im gleichen Moment fiel ihm aber ein:
„Ich Blödmann hab' gar nicht gefragt, wie diese Muñoz darauf kam, uns anzurufen. Woher kennt sie diesen Zacarias? Komisch."
Kopfschüttelnd wollte er weitergehen. Doch Andreu hielt ihn fest.
„Das spielt keine Rolle oder du kannst sie gleich fragen. Señora Muñoz hat nämlich gerade noch mal angerufen und Fall zwölf und dreizehn gemeldet. Ich denke, du darfst wieder hin. – Was ist mit Zacarias?"
„Der kommt auf seine neue Krankenstation – mit Blick aufs alte Gefängnis. Haftbefehl ausgeführt. Seine Akte ist dick gefüllt. Jetzt ist die Staatsanwaltschaft dran. – Aber was hab' ich mit der Muñoz zu tun?"
„Sie druckste rum, wollte dich sprechen und es mir am Telefon nicht genauer sagen. Kennst du sie näher? Ist sie hübsch? – Ich mein für den Fall der Fälle ..." Andreu grinste von einem Ohr zum anderen, erhielt aber nur ein verzogenes Gesicht von Sanchez Olivero zur Antwort, als er endlich an ihm vorbeigegangen war:
„Das ist doch, wenn, Sache der Gesundheitsbehörde. Sollen die sich darum kümmern. – Und was heißt, für den Fall der Fälle. Sie könnte wahrscheinlich meine Tochter sein."
„Das glaube ich nun wieder nicht. Sie ist angehende Virologin. Schreibt gerade parallel zum Praktikum ihre Doktorarbeit: *Thoughts about cancerogen mutagen reprotoxic substances of category 2 with regard to viral aspects.*"

„Und das heißt?", fragte Sanchez Olivero, nachdem er sich wieder umgedreht hatte und Andreu nun mit zusammengekniffenen Augen ansah.

„Sie will wissen, ob es Zusammenhänge gibt zwischen potenziell krebserregenden Stoffen und Viren."

„Und? – Gibt's die?"

„Sie macht gerade diverse Untersuchungen und hat bei den eingelieferten Patienten – du weißt schon, welche ich meine – Merkwürdigkeiten festgestellt."

„Vielleicht ist sie auch nur etwas überambitioniert. Hast du nicht gesagt, ihr hättet kaum miteinander gesprochen."

Wieder drehte er sich um, um in sein Büro zu kommen.

„Es waren dann doch zwanzig Minuten", lachte Andreu Miguel hinterher, „ich hoffte, du würdest schneller wieder hier sein. – Sie hatte dann keine Zeit mehr. – Warte! Hier ist ihre Mobil-Nummer. – Privat."

Seufzend blieb Sanchez Olivero ein drittes Mal stehen und nahm den Zettel, den Andreu ihm reichte.

Elena. *Elena Muñoz Plaz* stand darauf. Andreu hatte eine passend schöne Schrift. Elena, die Schöne, fiel ihm da nur ein. Und das stimmte wirklich. Ihre Optik passte allerdings nicht zu seinen Vorurteilen über Ärztinnen, die in seinen Augen immer strenge, ja, fast verhärmte Frauen waren, weil ihnen keiner Glauben schenken wollte, wenn sie ihre Diagnosen kundtaten. Er sah sie in ihrem Minirock und dachte dabei an Inés und ihren Wanderrock als sie zum Coll d'Honor hinaufsteigen wollten und stattdessen eine Leiche fanden. Wieder zog er die Augenbrauen nach oben, bedankte sich bei Andreu und als wenn er ein Foto dieser Elena ansehen würde, ging er, ohne den Blick vom Zettel abzuwenden, hinauf in sein Büro. Andreu schaute ihm hinterher, schüttelte den Kopf und lachte leise vor sich hin.

Inés und er waren zurzeit wirklich ein seltsames Paar, dachte er. Sie machte plötzlich Urlaub ohne ihn und ihm sprangen fast die Augen aus dem Kopf, als er die Telefonnummer dieser Muñoz studierte. Irgendwas stimmte zwischen den beiden nicht. Derweil betrat Sanchez Olivero das Büro, setzte sich hinter seinen Schreibtisch und griff sofort zum Telefon.

„Sie waren so freundlich und haben meinem Kollegen Ihre Telefonnummer gegeben", begann er ohne große Einleitung, „ich befürchte nur, egal, um was es sich handelt, dass in diesem Fall dann doch die Gesundheitsbehörde zuständig sein wird."
Er beugte seinen Kopf nach vorne, studierte währenddessen wieder den Zettel, als sei der ein Foto, fuhr mit einem Finger seinen dreieckigen Haaransatz entlang und dachte an ihren Minirock und die Beine.

„Bevor das der Fall ist, möchte ich jemanden sprechen, der sich seine eigenen Gedanken darüber macht. Und dieser – Zacarias, den Sie gesucht haben ... also ... Können wir uns treffen? – Sagen wir heute Nachmittag? Ich würde jetzt gern erst ein wenig schlafen. Diese Nachtschichten sind doch ziemlich anstrengend. Sagen wir gegen 17 Uhr? Sagen wir im *Restaurante Can Matias y Miguel* gleich vorne am Verteilerkreis beim Krankenhaus. Dann könnte ich gleich danach wieder meine Schicht antreten. – Die Tapas da sind ganz gut. Der Kaffee auch. Der Rest hingegen eher nicht."

„Also gut. Ich habe zwar keine Ahnung, wie ich Ihnen helfen könnte, aber ... Woher wussten Sie das eigentlich mit Zacarias? Wir hatten keine Fahndung nach ihm ausgeschrieben."

„Das ist etwas komplizierter. Vielleicht können wir auch darüber heute Nachmittag sprechen, okay?"

2. September, 11 Uhr 55

Viren. Das Internet war voll davon. Auch angeblich jeder zweite Computer, wenn er den Einträgen und Werbeangeboten für Virenprogramme glauben sollte. Die Fremdwörter zu diesen kapierte er ja noch halbwegs, aber als über die Ausprägungen der viralen Merkmale Kontagiosität, Infektiosität und Pathogenität beziehungsweise Virulenz gesprochen wurde oder von ikosaedrischen Viruskapsiden und auf der Suche nach Erklärungen für diese Begriffe Sätze wie *Eigenschaften sind Transmission, Adhäsion, Immunreaktionen des wirtseigenen Immunsystems* oder Begriffe wie *immunologische Fluchtmutanten* und *Mechanismen zur Immunevasion* auftauchten, schloss er diese Fenster und überlegte sein weiteres Vorgehen. Er beschloss den Arzt, Tomas Muntaner, anzurufen, der vorgestern im *Es Baluard* Kortes Leiche untersucht hatte. Vielleicht hatte der eine Ahnung, wie Krankheiten mit Viren manipuliert werden könnten. Von ihm musste er sich sicher auch keine dummen Fragen anhören.

„Ich habe vielleicht eine dumme Frage", befand er, nachdem sie sich mit Floskeln – *Ach, wie nett, danke der Nachfrage. – Der Fall ist abgeschlossen? Wie schön!* und *Wir werden sehen* – begrüßt hatten: „Angenommen, ich hätte einen Kranken vor mir liegen und er zeigt für eine bestimmte Viruserkrankung untypische – wie nennt man das? – Merkmale?! – Könnte man nach einer Untersuchung sagen, ob das Virus eventuell manipuliert wurde?"

Am anderen Ende machte sich ein stilles, aber dadurch hörbares Erstaunen breit:

„Ist in Ihrer Familie jemand erkrankt?", wollte Muntaner wissen.

„Nein! Nein! – Es ist ... es dreht sich hierbei um einen der Verdächtigen rund um den gestrigen Fall. Angeblich ist er an so etwas Ähnlichem wie Noro erkrankt. Aber es gibt wohl Zweifel über dieses Virus."

„Nun, es ehrt mich, dass Sie dabei an mich denken, um eine Erklärung zu erhalten, aber ich bin in diesem Bereich überhaupt kein Fachmann. Das Einzige, was ich Ihnen sagen kann, ist, dass Viren sogenannte Mutationen durchlaufen können. Ich weiß im Moment nicht, ob es zurzeit eine mutierte Form des hinlänglich bekannten Norovirus gibt. Sollte dies aber der Fall sein, würde ich nicht von vornherein eine solche Veränderung ausschließen. Sie wäre mir nur nicht bekannt. Allerdings habe ich das letzte Mal damit auch vor Jahren zu tun gehabt. Das Norovirus tritt normalerweise in seiner Intensität in einem recht begrenzten Umfeld auf und ist daher gut zu isolieren. – Dass man so etwas künstlich herstellen kann, halte ich nicht für ausgeschlossen. Vielleicht könnte Ihnen in diesem Fall die *Sociedad Española de Virología*, die Spanische Gesellschaft für Virologie, weiterhelfen. Die sind das Dach für die Virenforschung in unserem Land."

„Okay. – Gut. – Noch was, glauben Sie, dass man eine bestehende Krankheit mit einem Virus manipulieren könnte."

Am anderen Ende zuerst wieder Stille, dann vernahm er von Muntaner ein leises Lachen:

„Manipulieren weniger. Den Schnupfen haben Sie, mit einem Virus können Sie daraus eine Grippe machen. Aber ob das schon als Manipulation gewertet werden kann ... Sie könnten natürlich jemanden unwissend, aber auch absichtlich mit einem Virus anstecken. Zum Beispiel mit Husten und Niesen, also durch eine sogenannte Tröpfcheninfektion."

„Nun, das ist doch schon etwas", meinte Sanchez Olivero: „Ich werde mich vortasten. Ich danke Ihnen sehr."

„Keine Ursache. Hoffen wir, dass dieses Virus nicht weiter grassieren wird. Die Auswirkungen bei einer Noroinfektion sind nicht besonders angenehm für den, den es erwischt hat. Eine gute Hygiene ist alles."

„Das habe ich ein wenig mitbekommen." Miguel dachte an den Geruch in diesem Gang. „Wirklich nicht schön. Ich halte sie auf dem Laufenden. Im *Son Llàtzer* und *Son Espases* sind sie wohl gerade deshalb etwas in Alarmstimmung. Ich werde es bei dieser Gesellschaft mal probieren."

Wieder folgten die üblichen Höflichkeitsfloskeln – *Na, dann, Machen Sie es gut* und *Viel Erfolg*. Dann legte er auf und überlegte, ob es ratsam war, bei dieser *Sociedad Española de Virología* jetzt schon anzurufen, oder ob er damit schlafende Hunde wecken würde. Zumal er ja noch das Gespräch mit dieser schönen Muñoz hatte. Vielleicht würden die nach seinen Schilderungen einen Stein ins Rollen bringen, der seine Neugierde beziehungsweise Nachforschung stoppte und zunichtemachte. Er rief im Internet deren Seite auf und schaute, ob er auch so einige Informationen finden würde. Doch außer einigen Nachrichten, Publikationen und einem Link – *Esto es lo que los virólogos sabemos del Norovirus*, Hier steht, was Virologen über das Norovirus wissen sollten – war nichts zu finden. Er klickte diesen Link an und wusste nach wenigen Sekunden, warum sich dieser Artikel tatsächlich an Virologen wendete. Denn er verstand kein Wort. Er überlegte kurz, Ricardo zu fragen, doch dann entschied er, es nicht zu tun und stattdessen den Abend mit Elena Muñoz abzuwarten – und zu verbringen. – In jeder Hinsicht.

2. September, 14 Uhr 15

Das Protokoll aus Menorca war wenig ergiebig. Die Falkenberg hatte quasi die Aussage verweigert und einen deutschen Anwalt verlangt. Plötzlich konnte sie kein Spanisch. Andreu hatte dem Polizisten dort drüben empfohlen, ihr doch einmal folgenden spanischen und mallorquinischen Satz mit freundlichem Ton und Blick zu sagen: *Eres tan feo que haces llorar a las cebollas*[1] oder *sa meva companya m'acaba d'abandonar*[2]. Und dann würde er ja schon sehen, ob sie tatsächlich kein Spanisch mehr könne. Hier konnte sie nämlich fehlerfrei Spanisch. Doch der Polizist traute sich nicht und wollte abwarten, bis sein Chef käme. Der hatte aber wohl auch keine Lust und ließ sie in ihrer Zelle schmoren.

„Haben Sie wenigstens den Wagen auf den Kopf gestellt?", wollte Sanchez Olivero wissen und grinste über Andreus Vorschläge.

„Wohl nur oberflächlich. Jetzt liegt von ihrem Anwalt ein Schreiben vor, das aufgrund mangelnder Beweise die sofortige Freilassung verlangt", erwiderte Andreu mit hochgezogenen Augenbrauen, „aber ich hab' denen sofort das rübergemailt. Hat mir Pelleter gegeben. Jetzt bin ich gespannt, was die machen werden." Miguel nahm das Blatt und lächelte. Es war ein richterlicher Haftbefehl, der sich die Vermischung der Artikel bezüglich *fuga*, Flucht, und *delito flagrante*, auf frischer Tat, zunutze machte. Damit hatten die Kollegen der CNP noch ein paar Stunden mehr Zeit, sie in ihre Obhut zu bringen. Und Andreu hatte bereits die ganzen Unterlagen weitergeleitet.

„*¡Bien hecho!*", lobte ihn deshalb Sanchez Olivero.

---

[1] Du bist so hässlich, dass sogar Zwiebeln weinen müssen.
[2] Wie wär's? Meine Freundin hat mich gerade verlassen.

„¡*Claro!* Klar doch", erwiderte Andreu stolz, „wir sind ja nicht auf den Kopf gefallen. Was hast du jetzt noch vor?"

„Das mit Zacarias und der Falkenberg ist jetzt nicht mehr unser Ding. Was sollen wir jetzt noch herausfinden? Wäre Ruiz Castedo in diesen Fall auch verwickelt, fliegt er sicher durch die Redseligkeit von Martínez, Zacarias oder der Falkenberg auf. Wir haben Martínez abgeliefert. Als Mörder von Korte. – Kortes *Más Mallorca* geht mich nichts an, weil es das nicht gab."
Sanchez Olivero hob die Schultern und Andreu nickte. Er wollte schon weitergehen, als Andreu sich umdrehte und fragte:

„Glaubst du, dass das mit dem Krankenhaus für uns etwas ist? Wir haben doch eher mit Toten zu tun als mit Krankheiten."

„So sehe ich das auch. Heute Nachmittag treffe ich mich mit einer der Ärztinnen, die Zacarias behandelt haben. Sie war etwas geheimnisvoll."
Wieder ein Schulterzucken.

„Vielleicht hast du bei ihr einen guten Eindruck hinterlassen", lachte Andreu, „sonst hätte sie dir sicher stattdessen etwas gesagt, gemailt oder gefaxt."

„Und ihr hättet dann leider nichts zu erzählen. Diese Burg ist schlimmer als jeder Friseursalon. Wenn ich nach den Gerüchten gehen würde, haben Inés und ich schon drei gemeinsame Kinder und das vierte ist unterwegs. Dabei haben wir nicht einmal eine gemeinsame Wohnung und verheiratet sind wir auch nicht. Und damit ihr euer Maul noch besser zerreißen könnt, ich weiß nicht einmal, ob ich euch zu einer Hochzeitsfeier einladen kann, weil es nämlich vielleicht keine gibt. Manches im Leben entwickelt sich ganz anders als man denkt."

„Also ist an dem Geschwätz doch was dran", rätselte Andreu und sah Sanchez Olivero entsprechend an. Der rollte nur wieder mit den Augen und erwiderte nach einem Seufzer:

„Ihr und euer Geschwätz. Ich kenne es zwar nicht, aber ich würde sagen, auch damit der Stoff dafür nicht ausgeht, es stimmt jede Zeile davon. – Bin gespannt, was ich morgen höre."

2. September, 17 Uhr 10

Sanchez Olivero schaute auf die Uhr und verzog das Gesicht. Kein guter Einstand. Er war zehn Minuten zu spät. Er öffnete die Tür zum *Can Matias* und schaute sich nur kurz um. Sofort erkannte er sie. Links an einem Tisch vor den großen Fenstern. Zumal sie bereits aufgestanden war. Gelbes luftiges Sommerkleid mit einem dezenten Blumenmuster, eine kurze azurblaue Baumwolljacke darüber und eine leicht getönte Strumpfhose darunter. Ihre langen glatten Haare von einem Band gebändigt, das aus demselben Stoff war wie ihr Kleid. Geschätzte acht Meter konnte er diesen Anblick genießen, dann begrüßte sie ihn mit einem sympathischen und fast verwirrenden Lächeln. Wie immer wusste er in so einem Fall nichts zu entgegnen. Darüber hatte sich Inés schon oft genug beschwert. Selbst wenn sie diesen einen hellblauen Slip mit dem Spruch drauf – *El lugar más hermoso del mundo* – anzog, erntete sie bestenfalls ein etwas rot gewordenes Gesicht von ihm. Wahrscheinlich schaute er jetzt nicht anders, denn Señora Muñoz' Lächeln verwandelte sich in ein Schmunzeln. Bevor er etwas sagen konnte, reichte sie ihm schon eine Hand.

„Schön, dass es geklappt hat."

„Es tut mir leid. Bitte ...", versuchte er sich mit einem symbolischen Blick auf seine Uhr zu entschuldigen. Doch sie winkte schon ab und meinte:

„Unsere Berufe lassen häufig manche lieb gewonnenen Alltäglichkeiten nicht zu. Somit auch oft genug die Pünktlichkeit nicht."

Jetzt hätte er erwidern können, dass Ärzte sicher sehr selten unpünktlich sind, hängt doch von ihrem täglichen Tun oft genug ein Leben ab. Aber diese durchaus schöne Elena Muñoz Plaz hatte sich schon wieder hingesetzt und ihren Blick daher abgewendet. Auf dem Tisch vor ihr lag eine grüne dünne Mappe, die Miguel erst jetzt wahrnahm.

„Ich möchte Sie gleich zu Anfang um einen Gefallen bitten", begann sie mit einem sanften, aber bestimmten Ton. „Nein! Es ist doch eher eine Erwartung, die ich an unser Gespräch knüpfe. Alles, was ich Ihnen jetzt erzählen werde, dürfen Sie auf keinen Fall mit meinem Namen in Verbindung bringen. Ich weiß, dass das unter Umständen schwer sein kann. Aber ich bitte Sie wirklich inständig, mich wie einen anonymen Zeugen zu behandeln. Der Beruf, den ich in ein, zwei Jahren ausüben möchte, ist sonst sicher nicht mehr möglich. – Kann ich auf Sie zählen?"

Ihr warmes Lächeln verwandelte sich in einen forschenden und besorgten Blick. Seiner hingegen war sicher immer noch überrascht, weil er merkte, dass sie ihn faszinierte, und er sie deshalb die ganze Zeit wohl eher anstarrte. Daher nickte er nun etwas umständlich und knapp, bevor er meinte:

„Ja! – Natürlich. – Machen Sie sich darüber keine Gedanken. – Wenn es in diesem Zusammenhang zu einem Prozess kommen sollte, werden wir den Richter darum bitten, auf eine Gegenüberstellung zu verzichten. Ich gehe davon aus, dass ich ...", er deutete nun auf die Mappe, „… etwas in die Hand bekomme, das wir ganz unabhängig von Ihrem Namen verwenden können. Allerdings werde ich Sie wahrscheinlich nicht nur heute dazu befragen müssen."

„Davon gehe ich nun aus."

Wieder dieses belustigt wirkende Lächeln, das er nicht richtig zu interpretieren wusste, deshalb war er es jetzt, der wie ertappt zur Seite und damit zum Fenster hinaussah. Im gleichen Moment stand ein Mädchen neben ihnen und fragte, was sie servieren dürfte.

„Haben Sie Tee?", fragte er zur Überraschung aller. „Dann hätte ich gern einen *Poliomintha*."

Das Mädchen, vielleicht eine junge Studentin, die sich etwas Geld dazuverdiente, schmunzelte und notierte es.

„Und dir Elena?", fragte es dann.

„Wie immer", nickte Elena nur und das Gastspiel der Studentin war zu Ende. Sogleich beugte sich die Muñoz etwas vor und fuhr mit nun leiserer Stimme fort:

„Ich denke, ich bin Ihnen noch Erklärungen schuldig. Ihr Kollege wird Ihnen sicher schon ein bisschen berichtet haben. Sie wissen also, dass ich Medizin studiere, allerdings habe ich mir dafür Zeit gelassen, weil ich nach der Hälfte der Zeit drei Jahre in einem Labor tätig war und mich danach in meinem Studium spezialisiert habe. Ich möchte später nicht in einem Krankenhaus tätig sein, sondern in der Forschung. Und damit kommen wir langsam zu der Sache, die mich beschäftigt. Hier in der Mappe habe ich etwas zusammengestellt, das betreffende Stellen in Ihrem Hause lesen und verstehen werden. Sie haben doch sicher einen Pathologen oder Mediziner in Haus? – Es sind Formeln und Statistiken und chemische Sachen, die Sie nicht wissen müssen. Ihnen erkläre ich es so einfach wie möglich."

Sanchez Oliveros faszinierter Blick, ob ihres Aussehens und ihrer Art mit ihm zu sprechen, hatte sich in einen erstaunten verwandelt. Erstaunt darüber, was er, ein Inspector der Nationalpolizei, für eine Medizinerin in einem solchen Zusammenhang nun tun könnte und warum sie ausgerechnet ihn sprechen wollte. Er zuckte deshalb nur etwas schief mit den Schultern zwischen *Ja* und *Um Himmels willen* und meinte:

„Mir ist schleierhaft, wie ich Ihnen helfen könnte."

„Wir werden sehen." Jetzt wieder dieses sympathische Lächeln, das sie zu einer kleinen Pause werden ließ. „Vor drei Tagen wurde der erste Patient mit denselben Symptomen eingeliefert, wie dieser Zacarias sie hatte. Natürlich untersuchen wir sofort, was die Ursache sein könnte, machen Blutbilder, Röntgenaufnahmen, analysieren Urin, eventuell Erbrochenes und fragen, was gegessen wurde. Innerhalb von 48 Stunden, manches schon am nächsten Tag, wird vieles klarer ..."

Sanchez Olivero nickte. Das konnte er noch nachvollziehen. Das war nicht viel anders als bei der Spurensicherung. Das kannte er von Ricardo, wenn der ihm seine Weisheiten erzählte und er zugegebenermaßen an den Stellen mit Blut abschaltete. Er nickte noch mal und sie nahm ihren Faden wieder auf:

„... doch innerhalb der nächsten 12 Stunden kamen drei weitere Patienten hinzu. Zwei davon noch während meiner Schicht. Sodass ich mich um die Werte kümmern konnte. Das Labor im *Son Llàtzer* ist sehr gut ausgestattet. Was soll ich sagen?"

Nun schaute wieder sie zum Fenster hinaus. Nach zwei, drei Sekunden auf ihre Uhr, um dann fortzufahren:

„Die drei, die ich fragen konnte, kannten sich nicht. Ich sagte Ihnen ja bereits, sie kamen aus unterschiedlichen Orten, haben weder im selben Restaurant oder derselben Bar noch dasselbe gegessen. Das hat mich stutzig gemacht und ich kümmerte mich um den Nach-

weis eines bestimmten Virus. Diese virologische Diagnostik ist ein kompliziertes Verfahren. Ich will Sie damit auch gar nicht quälen, aber ..."
Elena Muñoz Plaz hob die Schultern. Sie schien über das, was sie nun sagen wollte, selbst immer noch fassungslos zu sein. Kurz zog sie vollkommen unpassend zu ihrem eleganten Äußeren die Nase hoch. Miguel musste deswegen schmunzeln und trank einen Schluck seines Tees, den das Mädchen schon vor Minuten vor ihm abgestellt hatte. Elena beobachtete ihn dabei und es schien ihr einzufallen, dass auch sie etwas bestellt hatte. So nahm sie ihr Glas mit frisch gepresstem Orangensaft und trank es eilig zur Hälfte leer. Dann biss sie in eine der beiden *empanadas*, die prompt zwischen ihren Fingern – Gott sei Dank über dem Teller – zerbröselte. Ihr entfuhr ein kleiner unerwarteter Fluch und sie schüttelte die Hände.

„Ich hätte es wissen müssen", meinte sie und schaute an sich herunter, so tat es auch Sanchez Olivero – bei ihr.

„Nichts passiert", meinte er tröstend und zupfte eine Papierserviette aus dem Spender und reichte sie ihr hinüber. Sein Blick zunächst auf irgendeine Stelle ihres Kleides gerichtet, dann in ihre Augen, die ihn längst – nun wieder lächelnd – ansahen.

„*¡Muy amable!* Sehr freundlich!", bedankte sie sich und registrierte belustigt, dass er etwas rot wurde. *Ein komischer netter Kerl und ziemlich sympathisch,* dachte sie und wurde gleich darauf wieder ernst.

„Am nächsten Morgen trudelte das Ergebnis ein, das ich mir gedacht hatte. Es war ein Virus. Sogleich schaute ich in unsere medizinischen Datenbanken. Darin war noch kein Fall eingetragen. Dann sah ich mir die Analyse noch mal näher an. Und seitdem schlafe ich

schlechter. – Ich kenne das Virus. Aus meinen drei Jahren in diesem Labor. Es ist eine Variation, eine sogenannte Mutation, eines Norovirus. Diesen Namen kennen Sie vielleicht. Wer es bekommt, muss sich nach zehn Stunden oder innerhalb der nächsten 48 Stunden erbrechen. Oder er hat Durchfall und so weiter."
Sie sah in Miguels Gesicht und sah, dass ihre Schilderung Wirkung zeigte, denn er rümpfte die Nase und seine Stirn ähnelte einem Acker. Kaum bemerkte er ihren prüfenden Blick, sah er in seine Tasse und trank einen großen Schluck des inzwischen lauwarmen Tees. Der schmeckte nun fast so grausam, wie sich ihre Schilderung anhörte.

„Sie denken jetzt vielleicht: Das alles ist noch kein Grund, nun nervös zu werden oder sich besonders Sorgen zu machen. Aber falls Sie mich nachher zum Krankenhaus begleiten möchten, werden wir sicher hören, dass weitere Patienten mit den passenden Symptomen eingeliefert worden sind. Sowohl im *Son Llàtzer* als auch im *Son Espases* oder im *Hospital General*. – Das Besondere an diesem Virus ist, es ist untypisch für uns, für Spanien, für Europa, es ist untypisch überhaupt. – Weil es gezüchtet wurde, um Viren besser zu verstehen und um Medikamente dagegen zu entwickeln. – Das war jetzt die simple Darstellung."
Sie atmete tief durch und pustete einen Schwall Luft wie ein Raucher an die Decke. Dann schüttelte sie den Kopf, sodass ihre Haare flogen, und er wusste, nun kam vielleicht der entscheidende Satz.

„Ich war damals in diesem Labor dabei", ergänzte sie nämlich, „und damit kommen Sie möglicherweise ins Spiel. – Jemand hat das Virus nach draußen gebracht."
Er glaubte, sie zu verstehen. Nicht unbedingt das, was ein Virus betraf. Nicht das, was an Arbeit damit in Ver-

bindung stand, erst recht nicht die komplexen Verfahren und Schritte. Und vielleicht auch nicht unbedingt das, was die komplizierten Bestimmungen in einem Labor anging. Von denen er bisher dachte, sie seien wasserdicht. Deshalb sah er sie erstaunt an, weil ihm das alles trotzdem nicht besonders sonderbar vorkam. Auch wenn sicherlich viele Vorschriften, Anordnungen und Kontrollen genau einen solchen Vorgang verbaten und eigentlich unmöglich machen sollten. Eigentlich.

„So, wie Sie es sagen, hätte dies erstens nicht passieren und zweitens nicht so einfach funktionieren dürfen, beziehungsweise können."

Ihr Lächeln zeigte, dass er tatsächlich einen wesentlichen Punkt nicht verstanden hatte. Viren konnte man nicht einfach in eine Thermoskanne füllen, hinaustragen und dann in der Gegend versprühen. Die Forschungen waren tatsächlich strengen Regeln und Kontrollen unterworfen. Und da gab es keine laschen Momente. Sie selbst wäre niemals darauf gekommen, wenn ein Zufall nicht gewollte hätte, dass sie jetzt genau an dem Krankenhaus tätig war, in dem die ersten Fälle auftauchten. Denn das Virus wurde nicht in Palma, nicht auf den Balearen, sondern auf dem Festland entwickelt. Und:

„Viren brauchen Wirte, um überleben zu können, dabei sind sie nicht einmal als Lebewesen definiert. Um sich verbreiten zu können, müssen die Menschen miteinander in Kontakt kommen, sozusagen eine Keimzelle für die Verbreitung bilden. Also Multiplikatoren schaffen. Das geschieht meist durch Tröpfchen- oder Schmierinfektionen. Bisweilen in einem Kindergarten oder einer Schule, ja, auch in einem Altenheim. Natürlich könnte es auch in einem Krankenhaus geschehen. Dann würden solche Einrichtungen schnell geschlossen und isoliert, die Menschen in Quarantäne geschickt werden und in der Regel ist dann die Verbreitung relativ gut gestoppt. Aber unsere Patienten kannten sich ja nicht. Sie stammen aus Llucmajor, Sa Pobla, Selva und hier aus Palma. Die Daten der anderen kenne ich leider nicht. Aber sie können davon ausgehen, dass bedingt durch die Inkubationszeit – salopp gesagt – noch eine ganze Menge folgen werden."

Sanchez Olivero kniff die Lippen zusammen und hob die Augenbrauen, dann sah er sinnierend zum Fenster hinaus. *Eine ganze Menge* konnte alles bedeuten: Dutzende, Hunderte, Tausende. Oder die ganze Insel. Er hatte keine Ahnung. Das Einzige, was er ahnte, war, das hier könnte tatsächlich etwas Größeres werden. Nur die Gefahr konnte er absolut nicht einschätzen.

„Ist das tödlich?"

Wieder atmete sie tief durch. Ihr sympathisches Lächeln war starr geworden. Hatte etwas Maskenhaftes, sogar Sorgenvolles.

„Die Letalität, also die Tödlichkeit des normalen Norovirus ..." Auch der Klang ihrer warmen und überaus angenehmen Stimme hatte sich ihrem Gesichtsausdruck angeglichen. „... beträgt nach den letzten Erkenntnissen 0,4. Das heißt, wenn tausend an diesem Virus erkrankt wären, würden wahrscheinlich vier daran sterben. – Das klingt im ersten Moment nicht viel. Aber ich möchte die Anzahl der Erkrankungen nicht mit irgendeiner Zahl potenzieren wollen oder müssen, nur weil dieses Virus plötzlich unkontrolliert grassieren kann, weil die Menschen hier auf der Insel kommen und gehen."

„Sie denken zum Beispiel an die über elf Millionen Touristen, die jedes Jahr auf die Insel kommen."

„Ich denke an die Multiplikatoren, die dadurch entstehen. Wenn man den Ausgangspunkt kennt, das, was ich vorher eine Keimzelle nannte, könnte man isolieren, die Ausbreitung eindämmen. Aber so ... ich mag wirklich nicht daran denken wollen. Dazu kommt, die Inkubationszeit bei diesem Virus ist das große Handicap. Sie beträgt im Schnitt nicht zehn, sondern 36 Stunden. In dieser Zeit habe ich schon viele Kontakte gehabt. In dieser Zeit sind viele schon nicht mehr auf der Insel, weil es sich um Touristen handelt. – Und nach 36 Stunden sind genug von den Betroffenen an ihre Arbeitsplätze in Frankreich, Deutschland, Italien und wo weiß ich zurückgekehrt. Die Menschen an unseren Stränden kommen doch inzwischen aus nahezu allen Teilen der Welt."

„Elf Millionen", Miguel überlegte und strich sich durch die Haarstoppel und dann durch das Gesicht, „würde 44.000 bedeuten. Das sind mehr, als Manacor Einwohner hat. Aber so, wie Sie es sagen, ist die Tödlichkeit bei diesem Virus höher."

Nun war ihr Blick alles andere als weich, freundlich oder entspannt. Er sah, dass sie noch etwas zurückhielt. Und in seinem Kopf ratterte es. Nach ein paar Augenblicken ließ sie die Katze aus dem Sack:

„Man hatte damals natürlich keine Feldversuche machen können, sondern nur im kleinen Maße Tierversuche. Sie waren dann auch, nachdem die ersten Ergebnisse vorlagen, der Grund, warum dieses Projekt abgebrochen wurde. Man versuchte die Letalität anhand der Ergebnisse hochzurechnen und hatte am Schluss eine erschreckend hohe Zahl, die – und das ist nur eine rechnerische Vermutung – zwischen 8,6 und 11,4 liegen könnte. Das schloss die weitere Suche nach einem Medikament oder Impfstoff aus. – Das alles war vor zweieinhalb Jahren."

Plötzlich waren ihre Augen feucht geworden und eine Träne rann über eine Wange. Elena zupfte sofort ein Taschentuch aus ihrer Tasche und tupfte sie sich ab.

Wieder fluchte sie leise. *So ein Blödsinn! Jetzt werde ich auch noch gefühlsduselig. Das passt gar nicht zu mir.* Miguel wusste nicht, wie er reagieren sollte. Auch bei Inés war er in solchen Momenten ungelenk und linkisch und sagte mit ziemlicher Sicherheit irgendetwas Unpassendes oder gar Dummes. Also kniff er wieder seine Lippen zusammen und wollte über den Tisch einmal über ihre Wange streicheln, doch der war für eine solch tröstende Bewegung zu breit und diese hätte womöglich etwas Intimeres dargestellt. So blieb es nur bei einer halb erhobenen Hand, die eine unbestimmte Richtung suchte und einem Räuspern.

„Aber so viele stecken sich doch dann auch wieder nicht an", versuchte er stattdessen zu beschwichtigen und sie ahnte seine Handbewegung.

„Jetzt, wo wir hier sitzen, wissen wir von dreizehn Infizierten. Diese hatten 36 Stunden Zeit, in einem Supermarkt, bei einem Bäcker, in einem Café oder, wenn es sich um Touristen handeln sollte, an einem der vielen Strände oder in einem Freizeitpark andere anzustecken. – Und vergessen Sie nicht, in dieser Zeit sind sicher einige in ihre Heimat zurückgekehrt."

„Sie denken an den Beginn einer Epidemie", vervollständigte er ihren Verdacht und rieb sich, den Anfang einer möglichen Katastrophe ahnend, mit hochgezogenen Brauen die Nase.

„*... ¡o como lo quieras llamar!*", erwiderte sie nun wieder mit ihrem alten Lächeln, „oder wie du das auch immer nennen magst. Wir sprechen von einer Pandemie, weil es nicht örtlich begrenzt sein wird, was bei einer Epidemie der Fall wäre."

Sanchez Olivero hüstelte. Das plötzliche *Du* hatte er selbstverständlich gehört. Er suchte eine höfliche Antwort, die ein Du von ihm vermied.

„Was kann ich nun tun? – Ich verstehe, dass ein Vorgehen über die Gesundheitsbehörden nicht anonym genug wäre. – Also tue ich so, als wenn ich – dank Zacarias – etwas in Erfahrung gebracht hätte ..." Wieder strich er sich durch die Haare und über sein Kinn, dann lehnte er sich in seinen Stuhl zurück und ergänzte:

„Das könnte tatsächlich ein Lösungsweg sein."
Elena nickte und schaute auf ihre Uhr, zuckte die Schultern und meinte:

„Es tut mir leid, aber ich sollte nun langsam ins Krankenhaus. Nimm die Mappe und sprich mit einem entsprechenden Kollegen. Mein Name taucht nirgendwo auf. Ein anderer Name hingegen schon. Vielleicht solltest du den Chef der Abteilung, Doctor Eugenio Jiménez Vilanova, bezüglich Zacarias kontaktieren. Dann wäre ich außer Obligo. In meinen Augen hat er zwar die falsche Therapie vorgeschlagen, aber ich wollte mich ihm gegenüber auch nicht zu weit aus dem Fenster lehnen. – Er kennt nämlich meinen beruflichen Werdegang nicht. Und wir sind uns nicht unbedingt sympathisch."

Damit stand sie als Erste auf, hängte sich ihre Tasche um und schaute ihn an, als kontrolliere sie etwas an ihm. Daher sah er an sich selbst hinunter. Alles schien normal. Die braunen Slipper, blaue Jeans und ein kariertes Hemd. Nichts war offen. Über seinem Arm eine Jacke. Bevor er fragen konnte, ob etwas nicht stimmte, kam sie ihm zuvor und fragte:

„Keine Uniform? Wenn ich in der Stadt bin, tragt ihr doch Uniform. So sieht das natürlich viel besser aus. Das Disziplinarische schüchtert mich immer ein."
Miguel hüstelte und räusperte sich. Eine seltsame Feststellung. Gab es etwas in dem Gespräch, was durch eine Uniform eventuell unausgesprochen geblieben wäre? Kurz versuchte er sich zu besinnen, wann er das letzte

Mal eine getragen hatte. Es mochte wohl schon Jahre her sein.

„In unseren Abteilungen gibt es keinen Uniformzwang. Die Polizisten im Streifendienst tragen sie. Natürlich. Wir nicht. Ich weiß nicht, wann ..." Miguel zuckte mit den Schultern.

„Schon gut. Ich wunderte mich schon heute Morgen. Ich dachte nur, zwei Polizisten und ein Ziviler? Was will der denn? Braucht der auch noch Begleitschutz?" Elena lachte und fasste ihm kurz an den Oberarm.

„Entschuldigung! Das kommt davon, wenn man jeden Tag selbst in so einer Kluft herumläuft. Dann denkt man, andere müssten das auch. Manchmal erkenne ich dann meine Kollegen auf dem Parkplatz nicht mehr, wenn sie ihre normale Kleidung wieder anhaben."
Miguel fahndete wieder nach einer passenden Antwort, aber egal, welche er jetzt darauf wählen würde, sie käme unter Umständen falsch an, dennoch meinte er:

„Sie – also du – sahst in der Kluft dennoch – gut aus."
Das Amüsierte in ihrem Blick verwandelte sich in ein warmes Lächeln.

„Danke! Ich hoffe, so sieht es trotzdem besser aus, oder?"
Das war die Falle. Sein Blick wanderte zur Seite und seine Stimme krächzte verräterisch genug. Das Terrain war gefährlich geworden.

„Davon kannst du ausgehen."
Sie lachte weiter und Miguel tat es ihr gleich, doch dann lenkte er ab und fragte:

„Woher kanntest du Zacarias überhaupt?"
Ihr Lachen endete und sie sah ihn mit einem jetzt ernsten Blick an.

„Wieder ein Zufall. Letztes Jahr im Sommer wurde ein Mädchen, ich glaube aus Belgien, ziemlich verwirrt und etwas desorientiert mit Hautabschürfungen, Quetschungen und Nadeleinstichen ins *Son Espases* eingeliefert. In den Semesterferien verdiene ich mir immer ein bisschen Geld dazu. Möglichst in einem der Pflegeberufe oder sogar in einem Krankenhaus. Ich hab' keine Lust, an irgendeinem Strand die Leute zu bedienen und von den Männern angegafft zu werden. – In diesen Semesterferien war ich am *Son Espases* und in den Schichten der Ambulanz eingeteilt." Jetzt lachte sie doch auf. „Stell dir vor, werdenden Doktoren traut man tatsächlich zu, ein Pflaster aufkleben zu können." Amüsiert schüttelte sie den Kopf. Dann wurde sie wieder ernst: „Und mir war sofort klar, dass es sich dabei um Missbrauch handeln könnte, auch weil ihr optischer Zustand, gelinde gesagt, desolat war. Ich hasse so etwas. Was sind das für Schweine, die einem Mädchen so etwas antun?!" Kurz presste sie, mit einem Blick zur Seite, die Lippen aufeinander. „Das Mädchen brauchte aufgrund des psychischen Zustands auch andere Hilfe, deshalb rief ich eine Bekannte an, Fabiola Gonzalez, sie ist Psychologin ..."

„Ich weiß. – Ich kenne sie. Sie ist für uns tätig."
Elena lächelte ihn wissend an:

„... und ihr mögt sie nicht besonders – was ich ein wenig verstehen kann. Sie hat eine ganz eigene Art, die dem ein oder anderen auf den Wecker geht. Aber sie erhält doch immer die Auskünfte, die wohl für weitere Untersuchungen gebraucht werden. Das Mädchen hat ihr verschiedene Namen genannt und ein paar Mal auch diesen, während ich ihre Wunden versorgte und dieses Mädchen etwas von einem Fotoshooting erzählte ..." Elena brach ab und sah ihn verwundert an. „Aber das müsste doch alles in euren Aufzeichnungen stehen? Deshalb hat es mich gewundert, dass er noch herumläuft."

Erstaunt sah er sie an und überlegte. Er kannte das Protokoll. Erinnerte sich zu genau an diesen Fall. Doch laut den Aufzeichnungen – er hatte diese mehrfach gelesen – hatten Corinne Weijmuth und ihre Schwester diesen Namen nicht erwähnt. Auch Inés, die später dazugestoßen war, hatte danach nichts davon erzählt. Sollte er Elena auf den Zahn fühlen, ob ihre Angaben stimmen konnten?

„Dass du dich daran jetzt noch erinnern kannst ..." Elena ging um den Tisch herum und einen Schritt auf ihn zu. Plötzlich streckte sie eine Hand nach vorne und strich ihm über die Wange.

„In meiner Disziplin ist ein Elefantenhirn von großem Vorteil. Wir haben uns viele Formeln, Verbindungen und Wirkungen zu merken. Forschung verlangt oftmals schnelle und wissende Entscheidungen. Sie müssen in diesem Moment stimmen, sonst endet das Experiment womöglich in einem Debakel. – Auf jeden Fall rief ich Fabiola an und fragte sie, ob sie sich noch daran erinnern könnte, was aus dem Fall geworden ist, denn ich wollte wissen, was unternommen worden ist, weil mich so etwas ankotzt. Sie nannte dann deinen Namen und ich habe von ihr gehört, dass du ein paar Tage später, bis auf diesen Zacarias, eine ganze Reihe von diesen Idioten festgenommen hast. Das fand ich schon mal gut. Also wusste ich, der Zacarias, der eingeliefert wurde – diesen Namen kann es ja nicht so häufig geben –, dass der vielleicht einer dieser Kerle ist, die noch frei herumlaufen." Sie machte eine kleine Pause und fuhr ihn anlächelnd fort: „Und dann wollte ich auch den kennenlernen, der damals in diesem Fall tätig war. Okay, du hast nicht abgenommen, aber gekommen bist du. Und den Idioten habt ihr jetzt eingebuchtet. Ihm würde ich jetzt das Virus mit allen schlechten Auswirkungen wünschen. – Manchmal ist die Welt sehr klein, aber

auch nicht sehr kompliziert. – Du hast meine Telefonnummer. Ich vertraue dir. Auch im Namen der Erkrankten."
Elena ließ ihre Hand sinken, lächelte ihn mit einem dennoch ernsten Blick an und ging dann zum Ausgang. Dort wendete sie sich zur Bedienung und meinte:
„Jetzt hätte ich fast vergessen zu zahlen."
Aber Miguel stand schon neben ihr, legte eine Hand auf ihren Arm mit der Geldbörse und sagte:
„Nein! Schon gut! Ich lade dich natürlich ein."

2. September, 19 Uhr 45

Er war mitgegangen und sich unsicher, welches Bild er dabei abgab. Der Weg zum Krankenhaus war zu kurz, um in irgendeinem Thema, das sie angerissen hatten, weiterzumachen. So erfuhr er unversehens ein paar private Sachen von ihr: Ursprünglich kam sie aus Getafe bei Madrid, hatte in Barcelona begonnen zu studieren, war für zwei Semester in den USA gewesen, für weitere zwei an der Sorbonne, dann folgten die drei Jahre in dem Institut für Virenforschung. Und bevor sie hier auf Mallorca ihr praktisches Jahr absolvierte, war sie wieder nach Barcelona zurückgekehrt. Nebenbei erwähnte sie, vor zwei Monaten 29 geworden zu sein, und lächelte ihn dabei an. Er hatte sich bezüglich ihres Alters um eine Handvoll Jahre vertan.

Dann waren sie bereits angekommen und er öffnete die Tür. Im überraschend engen und verwinkelt erscheinenden Foyer bedeutet sie ihm – ihre linke Hand umfasste wieder kurz seinen Arm – hier zu warten. Sie wollte sich in der Notaufnahme erkundigen. Wenigstens roch es hier nicht wie in dem Gang oben auf der Station, dachte er und schaute sich um. Ein paar Plakate mit Gesundheitstipps und -hinweisen hingen herum, *¡Lávate bien las manos!,* Wasch dir die Hände!, und solche Sachen, daneben die Hausordnung und ein Lageplan, der die Übersicht im Haus nicht viel einfacher machte. Es war offensichtlich, dass es hier keine musealen Aspekte zu beachten gab. Man fragte am Schalter, wo man wen finden konnte und wie man dort hinkam.

Es dauerte eine Weile, bis Elena wieder zurückkehrte. Ihr Gesicht zeigte eine Mischung aus Aufregung und Fassungslosigkeit. Wieder griff sie nach seinem Arm und zog ihn zur Seite:

„Wieder zwei. Allein hier. Insgesamt sind es jetzt sechs gemeldete Fälle. Sie haben im zweiten Stock einen isolierten Bereich geschaffen. Und sie haben den Plan umgestellt. Ich mache meine Nachtschicht heute auf dieser Station. Das heißt, ich werde nicht erreichbar sein und wahrscheinlich auch nicht anrufen können. – Jiménez Vilanova ist nicht da. Rufe ihn also morgen früh an. Er sollte schon um sechs im Hause sein. Er hat nämlich, soweit ich weiß, ein paar Termine. Lass mich bitte aber aus dem Spiel. – Ich rufe dich an, sobald ich das Haus verlasse. Mach's gut."

Ohne darauf vorbereitet zu sein, hatte sie sich leicht auf die Zehenspitzen gestellt und ihm einen Kuss auf eine Wange gegeben, sich umgedreht und war in einem der Gänge verschwunden. Er rieb sich verdutzt über die Wange und stand da wie ein Ehemann, der seine Frau zur Arbeit gebracht hatte, zumindest ließ ihn die Dame am Schalter es glauben, denn sie meinte mit einem verschmitzten Grinsen:

„Jetzt können Sie immerhin Ihr Lieblingsprogramm zu Hause anschauen."

Miguel lächelte gequält zurück, ging zurück und drehte sich an der Tür um.

„Kommt ja nicht mal Fußball."

2. September, 21 Uhr 20

Vom Auto aus hatte er ihn angerufen und von dem Gespräch berichtet. Ricardo fragte nach einigen Dingen, die in den Papieren stehen müssten, Miguel aber nicht finden konnte. Deshalb verabredeten sie sich und saßen nun auf der *Plaza Drassana* in der *Bar Coto*. Vor Ricardo die grüne Mappe in ihren Einzelteilen. Natürlich war seine erste Frage *Ist sie hübsch?* gewesen. Miguel verdrehte die Augen und sah an die Decke.

„Ziemlich. – Sehr", meinte er dann knapp.

„Oh." Und Ricardos Blick scannte ihn.

„Mach dir keine Gedanken", gab Miguel zurück und sah in vorwurfsvoll an. Allerdings versagte seine Mimik. Deshalb wies er auf die Blätter.

„Verstehst du das?"

„Lass mich das erst einmal in Ruhe studieren. Ich bin kein Virologe. Im Grunde genommen weiß ich von ziemlich viel immer nur ein bisschen." Und damit vertiefte er sich in die Seiten und deren Inhalt, flüsterte bisweilen etwas von einer veränderten Symptomatik, einer Amplifikation viraler Nukleinsäuren, die einen anderen Ausschlag hat als der Genotyp eines Norovirus und einer bis zu zwanzigfach verstärkten Infektion.

Währenddessen hatte Raul ihnen Bier und Tortillas gebracht, sich neben sie gestellt und etwas entnervt wissen wollen, was sie zu dem ganzen Theater mit der neuen Terrassen-Verordnung für Restaurants meinten:

„Mal sollen wir um 23 Uhr schließen, mal an der Hauswand Platz lassen, mal zur Seite vom Platz. Damit auch der letzte Grasdackel hier vorbeikann. Verdammt noch mal, so kann ich mein Geschäft nicht planen. Ein paar Kollegen haben schon zugemacht und von einem Dutzend weiß ich, dass sie es tun werden. – Mal hü. Mal hott. Erst wollte man die tote Altstadt beleben, jetzt bekommt man sie nicht schnell genug umgebracht. – Manuela und Carola habe ich deshalb schon freistellen müssen. Sie haben sich sogar dafür angeboten, damit die anderen bleiben können."

Ricardo und Miguel sahen sich an. Sie waren nicht zuständig, dafür aber genauso verwirrt. Viele der Wirte machten nach 21 oder spätestens 22 Uhr kein Geschäft mehr, weil die Leute wegblieben. Man wollte bei schönem Wetter nicht drinnen, sondern draußen sitzen. Die Atmosphäre des mittelalterlichen Platzes war trotz aller Bemühungen der Restaurant- und Barbesitzer schöner als die Räume innen. Das Ergebnis sah man den anderen Plätzen ohne Kneipen an. Nun hockte man auf den Bänken dieser *Plazas* und feierte dort. Am nächsten Morgen hatte die *Emaya,* die Stadtwerke, damit zu tun, leere Flaschen, Dosen und anderen Unrat fortzuschaffen und die Kollegen der *policía local* damit, den Anzeigen wegen Ruhestörungen nachzugehen. Moserten die einen und man beruhigte sie, fingen die nächsten an.

Alle hatten vergessen, dass sie nicht auf dem Land oder in der Tramuntana lebten, sondern in einer inzwischen explodierten Stadt, die keinen Schalter hatte, um Betriebsamkeit, Quirligkeit und die damit verbundenen Vergnügungen abzustellen. Alle wollten sie vom Kuchen des Tourismus etwas abhaben. Doch irgendwann wurden die Stücke dieser Torte nun mal kleiner, die Plazas nicht größer, aber der Ansturm auf die Insel auch nicht weniger. Auch sie hatten keine Antwort darauf, wie man aus dem Dilemma herauskommen könnte.

Wieder sahen sich Ricardo und Miguel an. Ricardo war der Erste und meinte:

„Ich denke, am Ende wird es darauf hinauslaufen, dass ihr mehr Platz für Passanten lassen müsst und die Musik um 22 oder 23 Uhr auszumachen habt. Du musst zugeben, vor manchen Bars versteht man oft genug sein eigenes Wort nicht mehr."

„Hab' ich etwa laute Musik laufen? – Ich habe schon drei Tische geopfert. Was kommt noch? – Ich wollte ein wenig modernisieren, aufrüsten, um meinen Standard zu halten. Das lass ich jetzt lieber sein."

„Wenn ich einen von denen sehe, werd' ich mal was sagen, aber helfen tut das nicht. Alle wollen sich in diesem Spiel positionieren, kundtun und was bewirken. Wirtschaftliches Vorwärtskommen und Traditionen sind ein dauernder Widerspruch. Und irgendwo beginnen sie mit ihren Ungerechtigkeiten, die daraus entstehen. Frag mal die Leute der Stadtreinigung, erst schmeißt man Dutzende raus und nun haben die Übrigen auch noch mehr zu tun. Denen stinkt's auch gewaltig – im wahrsten Sinne des Wortes." Miguel zuckte die Schultern, sah zu Ricardo rüber und tippte auf die Blätter. Dann sah er wieder hoch: „Mir wäre auch lieber, sie würden mal bei den ganzen Reichen anfangen. Aber bei unsereins, den Kleinen, hat man leider die besseren Chancen und das leichtere Spiel, Einhalt zu bieten. – Bringst du mir noch 'n Bier?"

Raul nickte beleidigt mit hängenden Mundwinkeln und ging wieder hinein.

„Und?", fragte Miguel nun an Ricardo gewandt.

„Ob ich jemanden kenne, der helfen kann?"

„¡Qué va! Das da."

„Ich sag ja, ich bin kein Virologe. Aber, wenn ich die Zahlen und Statistiken da lese und – ich hoffe – richtig interpretiere, hat das Mädel an einer Bombe geforscht."

„Warum macht man so etwas überhaupt? Sie hat mir es zwar kurz erklärt, aber im Endeffekt erinnerte es mich an James Bond."

„Wenn du ein Virus verstehen willst, überhaupt irgendwas in der Natur, dann legt man es unter ein

Mikroskop. Man nimmt es sogar vorher auseinander, damit man auch die kleinen Dinge erkennt. Dann weiß man oft, warum etwas so funktioniert, wie es funktioniert. Bei Krankheiten ist es genauso. Nur dass die Dinge da noch viel kleiner sind. So ein Virus ist gerade mal ein millionstel Millimeter groß. Unvorstellbar. Trotzdem möchtest du ja etwas gegen sie unternehmen können. Also versuchst du hinter die Funktionen der Erreger zu kommen und – versuchst sie bisweilen zu manipulieren. ¿*Vale?*"

„So in etwa. Aber ein ohnehin gefährliches Virus dann noch gefährlicher zu machen, erscheint mir trotzdem nicht besonders sinnvoll. Du siehst ja, was passiert."

„Wenn das stimmt, was sie erzählt hat! Und dann muss einiges danebengegangen sein. Denn die Kontrollen in solchen Instituten sind extrem. Mir ist unerklärlich, wie so etwas nach draußen kommen könnte."

„Sie hat mir das fast so erklärt wie du: Selbst wenn du Daumen und Zeigefinger zusammenquetschst, passt ein Virus dazwischen, so klein ist das."

„Das stimmt schon. Aber du gehst vorher durch weiß Gott wie viele Schleusen, in denen du auch deine Arbeitskleidung ablegen und dich desinfizieren musst. Da bleibt keine Möglichkeit in meinen Augen. – Das Einzige, was mir spontan dazu einfällt, ist, du spritzt dir das Zeugs in einem unbeobachteten Moment unter die Haut und gehst raus. – Aber das da …" Nun tippte Ricardo heftig auf die Blätter. „… garantiert dir keinen Spaß, sondern eher das Risiko innerhalb von einer Woche draufzugehen. So gefährlich scheint das Ding zu sein. – Außer du hast einen Impfstoff parat. – Dann würde ich dir aber zustimmen und sagen: James Bond, *The man with the golden gun.*"

Miguel ließ sich nach hinten fallen, griff nach dem Glas Bier und trank es zur Hälfte leer.

„Glaubst du, sie könnte selbst ..." Dann fuhr eine Hand wedelnd durch die Luft.

Nun lehnte sich Ricardo in seinem Stuhl zurück und wischte sich mit beiden Händen durchs Gesicht, bevor er in einem Zug sein Bier leer trank. Nach ein paar Sekunden meinte er mit rauer Stimme:

„Scheiße! Das wär' was! Sie forscht als Hilfe in diesem Institut, ist durch ihr Studium nicht ganz dumm und findet einen Code zu diesem Virus und dadurch die Basis für ein Medikament. – Dann hätte sie aber auch den Nobelpreis verdient. – Mannomann! Und du zumindest das *Cruz de Plata*, das silberne Kreuz, wenn du ihre kriminelle Ader aufdecken würdest. Da hast du was zu tun. Versuch's herauszufinden. – Wie attraktiv ist sie? Ich mein' ja nur. – Aber dann würde ich für dich hoffen, dass sie es nicht war. Inés ist ja nicht. – ¡Hombre! – Aber eigentlich ist das auch so gut wie unmöglich. An solchen Forschungen sind viel zu viele beteiligt. Und sie war ja angeblich nur dabei."

Ricardo schüttelte unschlüssig den Kopf und beugte sich wieder über die Papiere. Im gleichen Moment platzierte Raul einen großen Teller *patatas hervidas,* Salzkartoffeln, zwischen sie und meinte:

„Damit ihr nicht mein Anliegen vergesst. Passt zum Bier. Ich bring euch noch eins." Er klopfte ihnen auf die Schulter und war schon wieder ins Restaurant gegangen. Sie schauten ihm hinterher und grinsten, bis Ricardo meinte:

„Lad' sie ein und bring sie hierhin. Ihr wird's gefallen. – Und er sorgt für die passende Stimmung – davor." Sein rechter Daumen wies nach hinten. „Und du für die danach."

Damit hob er sein Glas, prostete Miguel zu und trank einen Schluck.

„Mal sehen. – Nachher versuch ich erst mal Inés zu erreichen. – Wir haben uns ja nicht getrennt. – Verdammt noch mal! – Sie braucht nur eine Auszeit", erwiderte er und fügte hinzu: „Hoffe ich."
Davon nicht unbedingt überzeugt, zuckte er mit den Schultern und stierte drei grölenden und nicht mehr nüchternen Männern hinterher. Vielleicht hatte er sich mit ihrer Entscheidung abzufinden.

„Irgendwas wird schon werden", entgegnete Ricardo, „aber auf diese Auflösung hier bin ich gespannt."
Er hob den grünen Umschlag und biss in eine Kartoffel.

„Verdammt, kochen können die aber gut hier."
„Ich rufe morgen Jiménez Vilanova, den leitenden Arzt an. Wegen Zacarias. Mal sehen, was er zu dessen Krankheit sagt. Natürlich tue ich so, als wüsste ich von dem Ganzen hier nicht Bescheid."

2. September, 22 Uhr 50

Den ganzen Tag hatte sie sich herumgetrieben. Morgens um 8 einen Kaffee getrunken und sich mit einem Croissant vors Haus gesetzt. Weil die Tische belegt waren, hockte sie auf dem Randstein hinter den rot-weißen Pollern, mümmelte an dem Croissant herum und sinnierte vor sich hin. Ihre Stimmung schwankte zwischen Enttäuschung und Erleichterung. Enttäuschung, weil sie Ramon gerne gespürt, mit ihm tatsächlich gerne einen zwanglosen Sex gehabt hätte, auch um ihn noch besser kennenzulernen. Erleichterung, dass sie beide genau das nicht gemacht hatten, weil sie sicher in der Minute danach ein schlechtes Gewissen gehabt hätte, obwohl sie doch nur ihrem eigenen Wunsch gefolgt wäre.

Sie horchte in sich hinein. Ja, sie liebte ihre beiden Jungs. Ja, auch sicher ihre Mutter. Und Miguel? Da war sie sich schon nicht mehr so sicher. – Doch. Auch ihn. Aber nicht so. Es war anders geworden. Und auch wieder nicht. Sie konnte es nicht benennen. Er war ein lieber Kerl. Ja, auch ein guter Liebhaber. Sie hatte durch ihn Dinge erleben dürfen, die ihr bis dahin unbekannt waren. Aber reichte das für eine Antwort auf die Frage: *Balkon oder Terrasse*, die er ihr gestellt hatte? Sie war einfach noch nicht so weit. Sie war sich nicht einmal sicher, ob es nicht nur eine weitere Flucht wäre. Aus dem alten Jugendzimmer in der Wohnung ihrer Mutter in eine neue, ohne vorher Luft geatmet zu haben.

Den ganzen Tag hatte sie sich keine anderen Fragen gestellt. Irgendwann am frühen Nachmittag stieg sie dann in einen Bus, der zwanzig Meter vor ihr stand, fuhr ziellos durch die Gegend und war plötzlich in Campos gelandet. Dort musste sie feststellen, dass sie noch nie in diesem Teil der Insel gewesen war. Auf der anderen Seite stand ein weiterer Bus. Sein Ziel: Colònia de Sant Jordi. Das war am Meer. Das klang gut. Sie setzte sich in den 502 und ließ sich dorthin kutschieren. Laut Fahrplan würden ihr fast drei Stunden bleiben, bis der nächste wieder zurückfahren würde.

Sie beschloss genau eine Stunde zu laufen. Von hier bis irgendwo an den Strand. Es Trenc. Und sich dort für ein Stündchen hinzusetzen und den Horizont mit dem zu vergleichen, den sie gestern mit Ramon angeschaut hatte. Vielleicht würde das ihren Kopf durchpusten, sie endlich auf andere Gedanken bringen. Diese Fragerei und Zweifel im Kopf abstellen. Schon nach einer Viertelstunde fand sie an einer winzigen Bucht mit einem

Inselchen rechts vor ihr zurückgezogen zwischen ein paar kleinen Pinien einen schattigen Platz.

Ihre Uhr gab ihr jetzt sogar noch zwei Stunden Zeit. Zwei Stunden ohne Ramon. Und – wie sie mit einem Mal feststellen musste – ohne Handy. Ohne durch irgendwelche Klingeltöne unter Druck zu geraten. Nur ein Taxi hätte sie jetzt früher zurück in ihr Hotel fahren können, um nachzusehen, wer etwas von ihr gewollt hätte, um dann wieder nichts anderes zu tun, als auf irgendetwas zu reagieren.

Litt sie unter Umständen an Depressionen? Irgendeiner Neurose? Oder anderen psychischen Störungen? Sie musste zugeben, dass ihr das Angst bereitete. Ihre Vergangenheit, ihre Geschichte könnte vielleicht so etwas provoziert haben. Doch sofort fiel ihr ein Spruch einer Kollegin ein: *Wenn man es selbst glaubt, ist es nur Unglücklichsein. Das kannst du prima allein behandeln.* Dann berichtete diese davon, einen neuen Freund zu haben, der sie auf Händen trägt. Auf Händen. Inés lachte in sich hinein. Ramon wäre sicher stark genug. Aber ein Leben lang?

Mit einem Lächeln schaute sie auf das Meer und den Strand. Hier tummelten sich längst nicht so viele Menschen wie an der Playa. Jenseits vom Inselchen sonnten sich ein paar zwischen Büschen und hinter einem selbst gebastelten Sichtschutz, der eher notdürftig war, sogar nackt. Aber eine solche Nacktheit, gleich von einer Handvoll bleichen Touristen gezeigt, machte nicht sexy, sondern durchschnittlich. Inés schaute an sich herunter. Einen Bikini hatte sie nicht dabei. Auch kein Handtuch. Nur die kurze Hose, ein Shirt und simple Unterwäsche. Aber wenn die da drüben ...

Das Wasser hier war ohnehin verlockender. Noch karibischer. Ohne zu zögern, zog sie sich bis auf ihren Slip aus und rannte wie zwei Tage zuvor an der Playa ins Wasser hinein, das sie sofort, immer noch warm, umspülte. Das Ziel, wieder der Horizont. Unter ihr kleine Fische, die sie zu begleiten schienen. Nach ein paar Metern tauchte sie ab und Neptungras strich an ihrem Körper entlang. *¡Dios mío!,* war das ein herrliches und schönes Gefühl! Sie stellte sich Ramons Finger vor und merkte gleichzeitig, wie sie sogar unter Wasser rot wurde. Sie hatte noch etwas Puste und tauchte noch etwas tiefer ab. Sekunden später japste sie oben wieder nach Luft. Morgen würde sie ihn am Strand besuchen wollen. Was sollte sie noch lange darüber nachdenken. Über ein schlechtes Gewissen – danach. Sie wollte es doch und in ihrem Kopf war die Entscheidung längst gefallen. Warum sonst hatte sie unten vor dem Hotel gefragt? Alles andere war nur eine Suche nach Rechtfertigungen und Ausreden. Am Ende würde ohnehin ein Vorwurf bleiben, entweder der, an sich selbst, es nicht getan zu haben, oder der, durch die anderen, genau das getan zu haben. Die Suche nach Glück würde so oder so Schmerzen bringen.

Langsam schwamm sie zurück. Ließ sich von den Wellen an den Strand spülen und blieb dort eine Zeit lang im Sand liegen. Dass ihr nasser Slip nun durchsichtig geworden war, spielte keine Rolle. Sie wurde sowieso von niemandem beachtet. Urlaubsregionen hatten in dieser Hinsicht ihre Vorteile. Selbst die Playa. Darüber schmunzelnd ging sie zu ihren Sachen zurück und wartete dort, bis sie einigermaßen trocken war.

Am späten Abend war sie dann wieder zurückgefahren, in der Nähe des *Club Nautico* ausgestiegen und von dort mindestens zwei Kilometer in Richtung Palma und vorbei an ihrem Hotel gejoggt. Und nun saß sie, wie vor zwei Tagen mit Ramon, auf dem Mäuerchen, aß einen *bocadillo*, den sie auf dem Weg in einer Bar gekauft hatte, und betrachtete den inzwischen dunklen Horizont. Zum ersten Mal fühlte sie sich wohl, war sie zufrieden und im Reinen mit sich und der Welt.

3. September, 8 Uhr 10

„Nein. Wir hatten leider noch nicht das Vergnügen. Man sagte mir, dass Sie der behandelnde Arzt des Patienten Zacarias seien."
„War. Sie haben ihn ja überstellen lassen. Was hat er ausgefressen?"
Miguel druckste rum. Darüber durfte er nun mal keine Auskünfte geben, auch einem Arzt gegenüber nicht. Andererseits würde er vielleicht die eine oder andere Antwort von ihm erhalten, wenn er einen kleinen Köder auswerfen würde.
„Er hat so ziemlich alle Artikel bezüglich Sexualdelikten in Anspruch genommen", war daher seine Antwort, „er wird Sie also nicht mehr behelligen."
„Was kann ich dann noch für Sie tun? Ich habe, wie Sie sich sicher denken können, nicht viel Zeit, daher ..."
„Es liegt wohl eine Viruserkrankung vor."
„Das steht ja auch in den Papieren."
„Auf der Krankenstation der Haftanstalt meinte man, dass es sich nur um eine Art des Norovirus handeln würde, also – so wie ich es verstanden habe – um eine Variation. Können Sie mir dazu etwas sagen."
„Eine Variation. Haben Sie mit der Muñoz etwa auch geredet?" Sein Ton bewies, dass er von Elena nicht besonders viel hielt.
„Hätte ich das tun sollen? Der offizielle Weg in den Behörden ist nun mal mit dem leitenden Arzt darüber zu sprechen. Und das sind doch Sie?! – Dachte ich."

„Es ist nur ...", er hatte seinen Ton bemerkt und korrigiert, „weil sie auch davon geredet hat. Der Verlauf der Krankheit zeigt in meinen Augen aber keinen anderen beziehungsweise untypischen Fortlauf. Übelkeit. Durchfall. Schwallartiges Erbrechen. Fieber. Für einen Patienten mit schlechter Konstitution birgt das die Gefahr der Dehydration, diese ist für gewöhnlich in diesem Zusammenhang tödlicher als die Viruserkrankung selbst. Aber dieser Zacarias hat das mühelos in spätestens zwei Wochen überstanden. Meistens ist Besserung schon nach drei Tagen zu vermelden. So wie die anderen inzwischen eingelieferten Verdachtsfälle es auch spüren werden. – Außer, Ihre Spezialisten lassen ihn nicht genügend trinken."

„Ich habe davon gehört. – Es sind aber wohl zwei weitere eingeliefert worden?!"

„Inzwischen noch mehr. Ich gehe davon aus, dass ein Lebensmittel mit dem Virus kontaminiert war. Das kommt bisweilen vor, wenn die Hygiene nicht an erster Stelle steht."

„Im Internet wurde mir das auch so erklärt. Gemüse, Obst und vor allem Muscheln können betroffen sein. Zum Beispiel, weil mit verschmutztem Wasser gearbeitet wurde."

„Das trifft auch auf Salate zu. Manche Bauern meinen, sie könnten denselben Tank für das Wässern des Ackers benutzen wie für die Ausbringung der Gülle. So idiotisch muss man erst mal sein! – Ich verstehe aber trotzdem immer noch nicht, warum Sie mich dazu nun anrufen. Sie sind doch von der Nationalpolizei und nicht von der Gesundheitsbehörde. Vermuten Sie ein Attentat auf ihn? Sonst sähe ich keinen Grund, dass wir uns unterhalten. Denn die Anzahl der eingelieferten Patienten spricht dagegen."

Miguel glaubte, nun an die wichtige Stelle des Gespräches zu kommen, um gewisse Verdachtsmomente zu entkräften und seinen Kollegen neue zu liefern.

„Das wäre eine Variante. Und die hat lauter Konjunktive. Also, was wäre, wenn? Kann man so etwas mit Viren machen? Kann man sie züchten, vermehren, bei sich zu Hause herstellen, um die Welt zu vergiften? Ich frage deshalb, und das ist der Kern unseres Ansatzes: Zacarias war der erste eingelieferte Fall. Wenn ich von meinem mageren Wissen ausgehe und höre, was mir der Arzt auf der Krankenstation erzählt, kommt bei mir der Verdacht hoch, er selbst hat so etwas in Gang gesetzt und sich dabei als Erstes angesteckt. Weil er es mit der Hygiene nicht so ernst genommen hat."

„Klingt nach einem billigen Thriller. – Weil die Wirklichkeit in dieser Hinsicht doch komplizierter ist. Dafür müssen zu viele Faktoren stimmen. Viren sind keine Lebewesen. Sie benötigen Wirtszellen, um sich zu vermehren. Sie können nicht einfach ein Virus nehmen, vorausgesetzt, Sie haben überhaupt eins isoliert vor sich liegen, und das auf Obst, Gemüse oder Muscheln werfen und fünf Stunden später zupfen Sie die mit einer Pinzette wieder ab. Für einen solchen Vorgang gibt es Labore. Und ich würde behaupten, um so etwas, wie Ihnen vielleicht durch den Kopf geht, zu bewerkstelligen, benötigen Sie ein sehr gutes, hoch technisiertes und sauberes Labor. Wenn das alles nicht der Fall ist, sind Sie nicht nur der erste Kranke, sondern auch die erste Leiche – bevor Sie in ein Krankenhaus kommen konnten. Und ich verspreche Ihnen, der stirbt nicht. Der hat leider nur einen kontaminierten Apfel oder sonst etwas gegessen, wie die anderen auch. Aber das herauszufinden, ist mühselig. Habe ich Ihnen alles beantworten können? Ich habe jetzt wirklich keine Zeit mehr."

„Ich ..." Weiter kam Sanchez Olivero nicht, denn:
„Das freut mich. Ich wünsche Ihnen noch einen guten Tag. Das Gespräch war sehr aufschlussreich für mich."
Zack. Das war's. Sanchez Olivero schaute sein Telefon an, als hätte er etwas Ekliges in der Hand. Nein! Du hast mir nicht alle Fragen beantwortet. Nein! Aufschlussreich war es nicht, nicht für mich. Da hätte ich auch Ricardo fragen können. Andererseits hatte Jiménez keine Andeutung bezüglich der Quelle gemacht. Vielleicht wusste er sie tatsächlich nicht. Vielleicht war sie ihm auch egal. Er war Arzt und behandelte den Kranken. Für das andere war er nicht zuständig. Damit durften sich andere die Finger schmutzig machen. Und bei seinen Kollegen war er sicher auch nicht beliebt, die Art zu sprechen hatte etwas Großspuriges. Er war gespannt auf den Abend. Diese Elena war geheimnisvoll. Und attraktiv. Und Virologin oder so etwas Ähnliches. Vielleicht ...?

3. September, 10 Uhr 25

Norovirus. Atrapó a un criminal, Norovirus, einen Verbrecher hat's erwischt, stand vorne unten rechts in dicken Lettern der Tageszeitung. Woher wussten die das schon wieder? Sanchez Olivero pfefferte die Zeitung unter den Tisch in den Papierkorb. Nicht nur die Burg war ein Friseursalon, sondern ganz Palma. Und er vermutete, sogar die ganze Insel. War das auf dem Festland auch so gewesen? In Madrid? In seiner Heimat? Er hatte keine Ahnung. Er müsste mal wieder mit seinen Eltern telefonieren, um auf den neuesten Stand zu kommen. Doch vergaß er es schon im selben Moment, wenn er daran dachte, und tröstete sich damit, dass sie es sicher täten, wenn etwas nicht stimmen würde.

Stattdessen hätte er fast noch mal diesen Jiménez angerufen, um zu fragen, ob er die Presse informiert hatte, weil er dachte, denen gegenüber könnte er ruhig mehr erzählen als ihm. Doch zog er es vor, auch in diesem Fall seinen besten Informanten anzurufen.

Schon hielt er sein Handy in der Hand und tippte Eduardos Nummer ein. Der hatte, warum auch immer, in alles Einblick oder kannte den Berühmten, der wiederum einen kannte. Das Einzige, was er nicht wusste, waren die Glückszahlen der *Once*-Lotterie, dachte Miguel und grinste deshalb. Eduardo nahm keine zwei Sekunden später ab.

„Du hast es mit Inés immer noch nicht hinbekommen, stimmt's?", fragte Eduardo sofort. Ohne Begrüßung. Ohne irgendeine Einleitung. Und erwischte Miguel auf dem falschen Fuß. Denn prompt dauerte es zwei, drei Sekunden zu lang, bis ihm eine Antwort eingefallen war. Sie hätte nichts genutzt, denn Eduardo meinte:

„Wenn du schon so große Probleme hast, dass es dir die Sprache verschlägt, kann nur eine andere Frau dahinterstecken. – Ist sie hübsch? Wieder eine Kollegin? Oder hast du jemandem seine Frau ausgespannt?" Jetzt donnerte wieder Eduardos typisches und knorriges Lachen durch den Hörer. Dann setzte er noch einen drauf:

„Oder hast du dich etwa in eine schöne Drogendealerin oder dergleichen verknallt?" Jetzt bekam er sich fast nicht mehr ein. Miguel schaffte es gerade noch, sich zu räuspern und *¡hombre!* zu sagen, bevor Eduardo in väterlichem Ton fortfuhr:

„Mein Gott Junge! Mach' dir doch dein Leben nicht schwer, sondern nur das deiner Verbrecher! – Frauen kommen entweder am zweiten Tag wieder, weil sie den

Bus zu ihrem neuen Freund verpasst haben oder wegen dir haben vorbeifahren lassen. – Meistens sind sie aber dann doch eingestiegen. Ist wirklich so. Also brauchst du nicht länger zu warten, klar? Nutze die Zeit! Andere Mütter haben ... Ist sie nun hübsch oder nicht? – Mir kannst du es ja verraten."
Miguel stöhnte. Eduardos siebter Sinn war einfach unglaublich. Wieder überlegte er, was er entgegnen könnte, wieder dauerte es zu lang. Denn Eduardo forderte ihn auf:
„Sag mir einfach ihren Namen, sonst sage ich ihn dir morgen." Was war das nur für eine Lache?!
Miguel schmetterte ihn ab mit einem anderen Namen:
„Adrián Zacarias."
„Wenn ich nicht wüsste, wer dieser Idiot ist, und dass er auf der Krankenstation unseres geliebten *prisión* liegt, würde ich glatt behaupten, du nimmst mich auf den Arm. – Aber du lenkst nur ab."
Fast hätte Sanchez Olivero aufgeschrien. Aber es wurde nur ein gestöhntes ¡*loco!*.
„Woher weißt du das? Es ist keinen Tag her."
„Das ist nun wirklich die leichteste Übung. Immerhin sitzen im Moment elf Kolumbianer ein. Bei über eintausend Inhaftierten eine wirklich überschaubare Menge. Das war schon einmal anders, wie du weißt. Aber sprechen haben sie nicht verlernt und Handys kennt man selbst in solchen Einrichtungen. Alles klar?"
„Fast."
„Und was ist mit ihm? Und wie heißt sie nun?" Wieder dieses Lachen. Eduardo wusste nicht nur viel, nein, langsam bekam Sanchez Olivero eine Ahnung, wie er an seine Informationen kam. – Irgendwann gab Eduardos Gegenüber auf und durfte auf dem Sofa in seinem Wohnzimmer Platz nehmen, Kaffee trinken und das

Bild seiner Frau Valentina an der Wand gegenüber betrachten, als junge dunkelhaarige Schönheit in einem dünnen gelben, lässig angezogenen Kleid auf einem Korbstuhl. Sie sah aus einem Fenster, umgeben von Blumenbouquets auf einem Tisch mit zwei Kaffeetassen, auf die Landschaft davor. Gemalt von Joan Raset.

Miguel hatte schon häufig das Vergnügen und bekam sogar inzwischen von Valentina, die immer noch eine sehr attraktive Frau und obendrein eine phänomenale Köchin war, fantastische Mahlzeiten serviert.

An manchen Tagen fühlte es sich wie adoptiert an. Auf jeden Fall verband Eduardo und ihn seit Langem eine gute und ungewöhnliche Freundschaft. Man spielte sich Informationen zu und ließ sich in seinem jeweiligen Tätigkeitsfeld in Ruhe. Dass Eduardos auf seinem früheren Drogenkartell in Kolumbien beruhte, interessierte dabei nicht. Damit hatte er ohnehin abgeschlossen und achtete nur noch darauf, dass sein Einfluss – auch wenn dieser im Lauf der letzten Jahre nachgelassen hatte – auf Politik, seine Verbindungen zur Wirtschaft und damit sein Einkommen gesichert blieben. Die Details in diesem Geschäft ahnte Miguel, forschte aber nicht nach. Das, was er durch Eduardo erhielt, wog alles auf.

„Elena", antwortete Miguel, „damit ich morgen meine Ruhe habe. Aber ich sage dir gleich, ich weiß nicht, welche Zukunft das haben wird."

„Stell dich nicht so an. Du bist ein gut aussehender Kerl, besonnen und ruhig. Auch sehr loyal, leider viel zu häufig auch noch lieb, allerdings auch ein guter Polizist, so einen hätte ich in Kolumbien nicht brauchen können. Denn du bist genauso hartnäckig wie ich und darüber hinaus nur sehr schlecht zu bestechen. – Ich habe leider keine schönen Beine dafür."

„Adrián Zacarias", wiederholte Miguel.

„Ich sage ja: hartnäckig. – Was soll mit ihm sein? Ihn hat der Noro erwischt. Da wird das Klo zum besten Freund. Er wird in den nächsten Tagen rennen müssen oder Windeln brauchen."

„Es gibt Gerüchte."

„Er ist nur der Leidtragende. Damit zu tun hat er nichts. Wie sollte er auch. Er ist ein Dummkopf. – Ich weiß, was du denkst."

„Aber?"

„Elena hat keine Chance. Heute Abend liegt sie neben dir. Vielleicht war hartnäckig noch untertrieben", Eduardo atmete laut durch, „aber ich befürchte, ich kann dir nicht großartig helfen. Ärzte gehörten bislang nicht zu meinen Kontaktpersonen. Gott sei Dank! Wenn es noch ein paar Jahre so bleibt, bin ich froh. – Ich weiß nur, Zacarias hat nichts damit zu tun. Es ist ein schöner Zufall, dass er euch so in die Hände gefallen ist. – Ihr habt ihn allerdings auch grob fahrlässig aus den Augen verloren."

„Ich gebe zu, dass ich seine Dummheit falsch eingeschätzt habe. Aber mit Martínez lagen wir goldrichtig, er war der erhoffte Singvogel. Früher oder später hätten wir ihn also gehabt."

„Das zeigt wieder, dass du ein guter Polizist bist. Du hast immer eine gute zweite Angel, an der ein schöner Fang hängt. – Ist sie nun hübsch oder nicht."

„Wenn alles etwas klarer ist, werde ich dich mit meiner zukünftigen Frau besuchen kommen."

„Und diplomatisch bist du auch noch. – Ich halte für dich die Ohren auf."

„Das war der Grund meines Anrufs. – Bis bald."

3. September, 13 Uhr 45

Nach einer ergebnislosen Tour durchs Haus war er an seinen Schreibtisch zurückgekehrt und schaute auf sein Handy. Keine Nachricht. Keine Antwort. Weder noch. Fifty-fifty. Wenn er ehrlich war, konnte er in dieser Situation auch nichts anderes erwarten. Er hatte sein Herz zu fragen und in sich hineinzuschauen. Kaum war ihm dieser Gedanke durch den Kopf geschossen, wusste er, dass seine Neugier für den Abend schon zu groß war. Er schüttelte den Kopf und klickte auf den Newsticker. *32 infectados.* Die erste Schlagzeile. Die Zeitungen schienen ihre Reporter als verdeckte Ermittler in die Krankenhäuser eingeschleust zu haben. Dort saßen sie in irgendwelchen Kammern herum, zählten durch und lauschten den Gesprächen des Pflegepersonals.

Sein Handy piepte. Diego. Sanchez Olivero verzog das Gesicht und schob die Nachricht zur Seite. Wenn er Zeit hätte, würde er zurückschreiben. Gleichzeitig sinnierte er über das Was. Wenn Eduardo recht hatte, müsste Inés mit Diego, Rafael und ihrer Mutter sprechen. Aber was gäbe es da schon groß mitzuteilen? Inés hatte doch nur ihren Lebensweg etwas geändert. Leider. Für viele unverständlich. Und er – Miguel – war gerade dabei es ihr gleichzutun. Vielleicht. Genauso unverständlich. Wahrscheinlich war auch jede Menge Einbildung dabei. Aber was weiß das Leben schon von seiner Zukunft zu berichten?

Er öffnete doch die Nachricht. *Können wir uns treffen?* War alles. Wäre sie von Elena gekommen, hätte er sofort geschrieben. So antwortete er mit einem hinausschiebenden *Morgen Abend?*. Der heutige war belegt. Prompt kam *Okay! Gegen sieben. Ich komm vorbei. Ist echt scheiße grad* zurück. Miguel zog die Augenbrauen hoch und dachte, *oder es wird erst noch so.* Er ließ es unkommentiert und legte das Handy zur Seite.

Vor ihm das andere Problem, in dem er nicht weiterkam und auch keine Idee für dessen Lösung hatte. Kurz dachte er daran, in die Stadt zu gehen und seine Erfolgsquote durch in flagranti erwischte Taschendiebe zu erhöhen und sich damit ein wenig abzureagieren. Noch war Hochsaison. Als Ziviler könnte er sicher auch den einen oder anderen Erfolg mit Straßenhändlern machen. Er wusste nur zu genau, wo sie versuchten, ihre Taschen, CDs und anderen oft genug schlecht gefälschten Kram an die Leute zu bringen. Aber Herr konnte man ihnen nicht werden.

Stattdessen ging er ein weiteres Mal ins Internet, um über die Suchmaschinen etwas über die virologischen Labore bezüglich ihrer Forschungen herauszubekommen. Vielleicht würde er auf jenes stoßen, in dem Elena tätig gewesen war. Warum hatte sie ihm nicht den Namen genannt? Derweil landete er auf der Seite des *Centro Nacional de Microbiología del ISCIII,* des nationalen Zentrums für Mikrobiologie, das wohl die Aufgabe hatte, das nationale Gesundheitssystem und die autonomen Gemeinschaften bei der Diagnose und Bekämpfung von Infektionskrankheiten zu unterstützen.

Gleich auf der ersten Seite blieb er an einem Satz hängen: *Für die ordnungsgemäße Versendung von Proben an das CNM verfügt das CNM über einen Vorgang, über den ein solcher Versand erleichtert und die anschließende elektronische Information über die entsprechenden Ergebnisse erfolgt.* Konnten damit unter Umständen auch hochgefährliche Viren in der Welt herumgeschickt werden? Ab in einen Umschlag und weg? Er klickte auf ein Formular, das wohl dazu benötigt wurde.

Etwas erleichtert atmete er auf. So einfach war es doch nicht. Es gab eine Menge zu beachten und anzugeben. Unter *Enfermedades Infecciosas,* Infektionskrankheiten, fand er weitere Informationen. Allerdings waren diese nicht ausführlicher als das, was er schon wusste. Leider waren sie für ihn auch nicht verständlicher. Alles war darauf bedacht, äußerste Souveränität auszustrahlen. Für Bürger eine Beruhigungspille. Wissenschaftler hatten sicher andere Zugänge für ihre Informationen. Immerhin gab es wohl um die dreißig Labore, die in Spanien in dieser Hinsicht tätig waren. In Madrid fand er die meisten Adressen. Elenas zu finden, war nun die Suche im Heuhaufen. Heute Abend würde er sie darauf ansprechen.

Er schloss das Fenster und sah auf den eigenen Seiten der CNP nach, ob dort bereits etwas eingetragen war. Dort sammelten sich jedoch nur die täglichen Sünder, Rüpeleien und Unfälle an. Jemand hatte das mit den Taschendieben wohl schon für ihn erledigt. Ein Polizeibericht titelte stolz: *Bande mit drei jungen Männern auf frischer Tat am Plaza Mayor erwischt.* In ihren Taschen Uhren, Armbänder und über fünfhundert Euro. Morgen würde das die Headline auf Seite drei oder fünf in einer Ecke sein.

Gerade als er den Computer ausschalten wollte, weil er auf der anderen Straßenseite der *Simó Ballester* einen Kaffee trinken und etwas essen wollte, sah er, dass noch ein Fenster der Internetanwendung auf war. Neugierig geworden öffnete er es. Es war ein PDF des *Red Nacional de Vigilancia Epidemiológica,* das über den Forschungsstand über Mutationen des Virus berichtete. Ohne es zu merken, hatte er es vielleicht bei seiner Suche angeklickt. Der Bericht war kein halbes Jahr alt. Ihr Name tauchte nicht auf. Wie auch – er schaute auf das Datum – zu diesem Zeitpunkt war sie nicht mehr dabei gewesen. Sollte er erleichtert sein? Er drückte auf *Drucken*, wartete und nahm die Seiten mit.

3. September, 15 Uhr 05

An Elenas Darstellungen musste etwas Wahres sein. Als er an seinen Platz zurückgekehrt war, lag eine Notiz mit einem Gruß von Ricardo auf dem Schreibtisch, an die eine Mitteilung der Gesundheitsbehörde angeheftet war: *Evolución diaria de casos por nuevo Norovirus,* tägliche Entwicklung der Krankheitsfälle durch neues Norovirus. Der Zeitraum: 14 Tage. Die ersten zehn Tage stand eine Null. Dann ging die Kurve nach oben.

Andreu sah seinen verwunderten Blick und kam zu ihm rüber.

„Wir haben keine Anzeige, wir haben keinen Vermissten, wir haben keinen Toten ..."

„... oder eine Tote", korrigierte ihn Sanchez Olivero.

„Warum landet das dann bei uns auf den Tisch?", fragte Andreu, ohne auf Miguels Einwand einzugehen.

„Wenn diese Ärztin recht hat, könnte das bald folgen. Aber ich gebe zu, dass ich auch dann noch nicht wüsste, was wir damit zu tun haben könnten. Tod durch ein Virus ist sicher in keinem Artikel als Mord definiert. – Heute Abend treffe ich mich mit ihr und werde eine Menge Fragen an sie haben. Vielleicht wird manches klarer."

„Du hast dich schon informiert." Andreu tippte an Miguels Laptop. „Was weißt du schon?"

„Im Grunde genommen nichts. Ich hab' versucht ein bisschen zu recherchieren, aber bei Sätzen mit einem halben Dutzend und mehr medizinischer Fachbegriffe lässt mein Drang, es herauszufinden, ziemlich schnell nach. In Biologie habe ich auch schon in der Schule geschwächelt."

„Aber du hältst einen kriminellen Hintergrund für möglich?"

„Genau das kann ich noch nicht einschätzen. Ich habe nur ihre Aussage. Aber wenn ich sehe, wie kompliziert und geregelt der Umgang mit solchen Sachen ist, fällt mir dazu kein Ansatz ein."

Sanchez Olivero griff neben sich und reichte ihm das vorher ausgedruckte Formular, welches das Versenden von Proben regelt. Und das einen komplizierten Vorgang aufzeigte.

„Wie viel verstehst du von dem Thema?", wollte Miguel wissen.

„Das kann ich dir genau sagen. Wenn es dich erwischt, brauchst du kurze Wege zur Toilette und verdammt viel Klopapier."

3. September, 21 Uhr 15

Dieses Mal wollte er nicht zu spät sein. Er stellte seinen Twingo in die erste Reihe des kaum noch gefüllten Parkplatzes, direkt neben dem Zebrastreifen und der Bushaltestelle. Den Eingang des *Son Llàtzers* vor Augen. Durch die Seitenscheibe sah er jenseits der Autobahn nach Manacor durch spärlich grüne Bäume hindurch die Lichter des Flughafens und in deren Schein die riesigen Tanks der CLH, der Logistikfirma für das Flugbenzin. Nur ab und zu kam jemand durch die Tür des Krankenhauses heraus. Entweder im hellen Dress des Pflegepersonals oder im Anzug und mit einer Aktentasche oder ähnlich offiziell Wirkendem in der Hand. Alles wohl Krankenpfleger, Angestellte und Ärzte.

Wieder schaute er durch die Seitenscheibe, beobachtete das Starten der Flugzeuge vor dem schon fast rabenschwarzen Himmel und wunderte sich über deren Geschwindigkeit. Manche schienen regelrecht Schwierigkeiten zu haben, hochzukommen. So langsam gingen ihre Starts vonstatten. Einige hatten ihre Seitenruder beleuchtet und er konnte die bunten Logos der Fluggesellschaften sehen, die er aber nicht zuordnen konnte, die aber trotzdem ein leichtes Fernweh erzeugten. Dem ganzen Durcheinander, das morgen vielleicht noch größer sein wird, jetzt für ein paar Tage zu entkommen, wäre gar nicht so schlecht. Denn er befürchtete den Ablauf des Abends nicht mehr groß beeinflussen zu können. Dafür hätte er ihn absagen müssen.

Wieder kamen ein paar Leute durch die Tür. Elena war nicht dabei. Dann sah er zufällig in den Fußraum auf der Beifahrerseite. Mein Gott, wie sah sein Wagen aus? Für die Fahrt mit einer solchen Frau ungeeignet. Er riss die Tür auf und hätte fast einen Mann getroffen. „¡*Disculpa!*", stieß er erschrocken aus und hob beide Hände.

„¡*No pasa nada!*", kam von dem Mann, vermutlich im Arztkittel, mit einem freundlichen Grinsen zurück. Miguel wedelte noch mal mit seinen Händen und ging um den Wagen herum. Im Kofferraum musste noch die alte Bürste liegen. Mit ihr bewaffnet machte er sich ans Werk und öffnete auch die Beifahrertür, sammelte den Unrat zusammen und warf ihn in einen der Abfallkörbe, klopfte die Fußmatten aus, fegte, so gut es ging, den viel zu staubigen Fußraum aus, schob den Beifahrersitz nach hinten und ließ den leichten Wind auch den Staub aus dem Auto pusten, den er mit der hölzernen Rückseite der Bürste aus dem Sitz herausklopfte. Im Handschuhfach lag die gelbe Warnweste. Er drehte und wendete sie, knüllte sie zusammen und wischte damit über das Armaturenbrett und die Türverkleidung. Dann machte er sich an den Rücksitz und das Zeugs, das dort herumlag. Ein Schweißtropfen lief ihm über die Stirn und er schüttelte den Kopf. Wenigstens etwas besser sah es kurz darauf in seinem alten Karren aus.

Gerade als er den Kofferraumdeckel wieder schloss, kam sie durch die Tür. Eine Straßenlampe beleuchtete ihr Gesicht. Sie sah müde, ja, fertig, aber auch faszinierend aus. In ihrem Gesicht noch die Abdrücke einer Gesichtsmaske. Sie sah ihn sofort und versuchte zu lächeln. Langsam kam sie auf ihn zu. Wieder hatte sie ein luftiges, dieses Mal hellblau gestreiftes Kleid an. Ärmellos. In ihrer Hand eine Jacke und über ihrer Schulter eine riesige Tasche. Auch er lächelte und hielt ihr die Tür auf. Elena nickte und begrüßte ihn mit einem flüchtigen Kuss auf die Wange. Sofort wurde er wieder rot, ging um den Wagen rum und stieg ein.

Elena hatte inzwischen ihre Sachen etwas achtlos auf den Rücksitz geworfen. Die Jacke fiel dabei in den Fußraum. Dann schob und klappte sie ihren Sitz nach hinten und zog sich ihre Pumps aus. Miguel setzte sich neben sie und betrachtete sie lächelnd. Wie ein junges Mädchen, das ihr Vater von der Schule abholte, sah sie aus. In dem Moment hatte sie schon ihre linke Hand gehoben und ihm mit der Rückseite der Finger über eine Wange gestrichen. Er dachte an die Dame am Empfang. So hatte sie sich das vielleicht vorgestellt. Der Mann holt seine junge Ehefrau von der Arbeit ab. Er schmunzelte, etwas rot geworden, in sich hinein.

„Wieder drei. Allein hier", sagte sie hingegen erschöpft und legte ihre Füße auf das Armaturenbrett und streckte sich. Dass ihr Kleid dabei die Beine hochrutschte, war für sie nicht von Bedeutung. Er sah dem Geschehen automatisch zu. Alles an ihr war anders als bei Inés. Von der Haarfarbe bis zur Figur. Elena war kleiner und schlank, Inés sportlich fraulich und sicher einen halben Kopf größer. Elena hatte dichte, dunkle lange Haare. Inés brünette und halblange, er glaubte sich zu erinnern, dass sie auch noch nie ein Kleid getragen hatte, nur diesen einen Mini-Wanderrock damals. Elena war braun gebrannt und erinnerte ihn deshalb an Luisa, Diegos Freundin. Inés fürchtete nahezu das Sonnenlicht. Auch Elenas Selbstbewusstsein fehlte ihr ein bisschen.

Um sich abzulenken, sah er wieder zu den startenden Flugzeugen rüber, abermals glaubte er, dass die gerade startende Maschine nur schwerfällig vom Fleck wegkäme. So schwerfällig wie seine Gedanken, die es nicht schafften, Ordnung zu schaffen und ihm weiß Gott was weismachten. Mit einem mühsamen Lächeln sah er zu Elena und meinte:

„Ich weiß. 32 sind auf der Insel infiziert. Die *Ultima Hora* hat schon eine fette Schlagzeile daraus gemacht." Er öffnete das Handschuhfach, zupfte eine Zeitung heraus und legte sie in ihren Schoß. Der Saum des Kleids war dadurch auf ihren Oberschenkeln angelangt. Elena korrigierte die Blöße nicht und sah auf die Headline *El temor al norovirus, más de 30 infectados*.

„Scheiße!", rutschte es ihr heraus, sie legte den Kopf zurück und sah ihn mit einem ängstlichen und gleichzeitig viel zu vertrauten Blick an.

„Die Gesundheitsbehörde hat sich natürlich auch schon eingeschaltet", erklärte er noch, „wir suchen nach einem Anhaltspunkt, um weiter an dem Fall dranbleiben zu können. Normalerweise machen das ab jetzt ganz andere Abteilungen."

Unschlüssig hob er die Hände.

„Das heißt?"

Wieder hob er die Arme und meinte:

„Klingt blöd, ich weiß, aber wir rätseln. Gibt es Patienten, die ansprechbar sind? Dann könnten wir nachforschen, was die Tage vorher passiert ist, um einen Anhaltspunkt zu finden. Vielleicht ergibt sich daraus etwas für uns. Ansonsten wird es schwierig werden. – Offengestanden gibt es für uns ja kein Verbrechen. Wir brauchen also ein gutes Verdachtsmoment, dass wir weiter an diesem Fall dranbleiben können. Wenn es zum Beispiel ein Anschlag wäre ... Mein Chef, Pelleter, sieht bislang auf jeden Fall keinen Grund, dass ich weiter untersuche. – Aber verboten hat er es auch nicht."
Ihr müder Blick verwandelte sich in einen zufriedenen. Sie strich die Haare nach hinten und legte damit ihr Gesicht gänzlich frei. Ihr Kopf ruhte anschließend auf der Kopfstütze, ohne dass sie ihn mit ihrem müde lächelnden Blick aus den Augen ließ.

„Aber du hast deshalb nicht angerufen, um mir das mitzuteilen und dadurch abzusagen, sondern holst mich trotzdem ab", erwiderte sie und beugte sich zu ihm rüber, um ihm einen Kuss auf die Wange knapp neben seine Lippen zu drücken, „... und das finde ich sehr schön. – Ist im Übrigen lustig. Du fährst das gleiche Auto wie ich. Nur ist deines viel sauberer. Meines steht da drüben."
Elena deutete auf den Parkplatz. Nur wenige Meter weiter stand ein weißer Twingo. Das vordere Nummernschild hing schief und der Wagen hatte wahrscheinlich seit seiner Herstellung außer Regen kein Wasser gesehen. Über dem Fahrersitz eine unordentlich gehängte Warnweste und zwischen Kopfstütze und Beifahrersitz war ein Stofftiger geklemmt, der sie beide nun anzuschauen schien.

„Fahr uns irgendwo hin. Vielleicht fällt uns was ein." Was, erwähnte sie nicht weiter. Das Wohin hatte er schon organisiert. – Nach dem Gespräch mit Pelleter.

„Ich hab' einen Tisch bestellt. Ich lad' dich ein. Wann musst du morgen arbeiten? – Wegen des Autos."

„Wieder so wie heute. Wenn du mich morgen früh hierherfahren würdest, könnte ich es ja dann abends mitnehmen."

Sie sah ihn forschend an. Suchte in seinem Blick nach einem Grund, der ihren spontanen Plan für die nächsten Stunden vereiteln könnte. Sie beugte sich wieder zu ihm und griff nach einer Hand von ihm, genau in dem Moment, in dem eine andere junge Frau an dem Wagen vorbeiging, auf das Dach klopfte, kurz durch die Seitenscheibe hineinschaute und zwinkernd winkte. Doch schon eine Sekunde später war sie weitergegangen. Miguel schaute in den Rückspiegel und erkannte die Stationsärztin, die ihm gestern in Zacarias' Zimmer begegnet war und die Papiere für die Krankenstation in der Haftanstalt ausgehändigt hatte. Das Krankenhaus hatte nun sicher ein weiteres Thema.

Er sah wieder zu Elena. Durch die Scheibe hatte ihr Anblick sicher etwas fast Laszives gehabt. So halb neben ihm liegend war ihr linkes Bein ein wenig – zumal nackt – in seine Richtung angewinkelt und mit dem anderen auf dem Armaturenbrett mit leuchtend roten Zehennägeln ausgestreckt. Nur die Zeitung verhinderte, dass das verrutschte Kleid noch mehr ihre Schenkel hoch Richtung Po gerutscht war. Auch der linke Träger war hinuntergeglitten und zeigte eine schöne nackte Schulter. Hätte seine Hand in diesem Moment auch noch auf ihrem linken Knie gelegen ... Miguel dachte daran und stellte es sich doch nicht weiter vor. Dann seufzte er leise und Elena, die immer noch seine Hand hielt, die sich ihrer nicht entzog, meinte mit einer viel zu warm klingenden Stimme:

„Frag nicht, warum ich so was sage. Ich weiß. Es ist verrückt. Aber ich hab' einfach Vertrauen zu dir. – Und

wir können im Moment vielleicht genau *das* gut gebrauchen."
Er seufzte durch die Nase. Sein Lächeln war ehrlich, aber trotzdem bemüht. Seine Ahnung würde wohl recht behalten. Dann zuckte er die Schultern und startete den Motor. Als dieser nach dem dritten Mal endlich lief, berührte er mit seinen Fingerspitzen in ihrer Hand tatsächlich für eine Sekunde eine nackte Stelle ihres Oberschenkels.

„Klingt, als hättest du dich erkundigt", stellte er fest.
Sie hielt seine dann zurückweichende Hand auf ihrem Schenkel fest und erwiderte:

„Ein Zufall wollte es so. Vielleicht will dieser noch mehr. – Ich kann ganz gut Fragen stellen."
Verwundert schaute er sie kurz an und sie lächelte:

„Das kann seinen Kindern ja recht sein, sagte ich und bekam zur Antwort: Er hat keine. – Zum Beispiel."

„Puh", entgegnete er, zog langsam nun doch seine Hand zurück und Elena griff neben sich, stellte die Lehne wieder gerade und nahm die Füße vom Armaturenbrett herunter. Anschließend warf sie die Zeitung nach hinten zu ihren anderen Sachen. Als Miguel vom Parkplatz fuhr, begann Elena zu weinen.

Nun saßen sie bei Raul an einem Tisch und genossen ihr Essen. Das Restaurant war nicht voll. *Wer reserviert schon einen Tisch, bei so einem Wetter, wenn er nicht bis Mitternacht draußen sitzen darf,* beschwerte er sich, als Miguel ihn begrüßte. Dass Elena ihn begleitete, störte ihn nicht. Was interessierten ihn die Dramen der anderen. Er hatte jetzt ganz andere Sorgen.

„Ich hab' euch meinen schönsten Tisch freigehalten", fügte er noch hinzu und zeigte ihnen den Tisch neben dem großen Spiegel und dem mindestens genauso großen Bild einer ernst schauenden Frida Kahlo.

Elena entschuldigte sich und ging zur Toilette. Raul nutzte den Moment und sah Miguel mit einem anerkennenden Blick an. Jede Antwort wäre nun falsch gewesen. So beließ Miguel es bei einem etwas schief wirkenden Lächeln und Raul verstand es als klärende Antwort.

„Bist du öfter hier?", fragte Elena wenig später mit vollem Mund.

„Gestern war ich auch schon hier. Mit Ricardo. Du hast dich mit ihm dann ja wohl länger unterhalten?!" Er spießte eine Sardine auf. Elena schaute immer noch kauend hoch, auf ihrer Gabelspitze steckte eine *albondiga*. Er musste wegen dieses Bildes grinsen.

„Ich hab' ihn nicht ausgefragt. Ehrlich. – Aber ich kann ganz gut eins und eins zusammenzählen. So reichte ein weiterer Satz, *Tut mir leid, er ist noch nicht da, wenn Sie einen Augenblick warten würden. Er versucht seit ein paar Tagen seine – Kollegin zu erreichen.* Zwischen *seine* und *Kollegin* hatte er eine Pause gemacht. Verräterisch lang. – Verräterisch für mich. – Und dann war da noch dein Blick im Krankenhaus ... Manchmal ist das Komplizierte ganz einfach. Manchmal ist die Seele bereit, wenn es die Dinge auch sind."
Der Chardonnay passte hervorragend zu den Tapas. Miguel stierte in das Glas. Unmöglich auf das gerade Gesagte einzugehen. Er würde sich mit jedem Satz blamieren. Und rechtfertigen. Und – noch mehr verrennen.

„Habt ihr inzwischen Daten – oder wie man das nennt – über die Mahlzeiten, die die Leute vorher zu sich genommen haben?", lenkte er daher ab.
Ihre Augen – erst jetzt sah er deren grün glitzernde Farbe, die wohl diesen hypnotischen Blick verursachte – lachten ihn an. Amüsiert schüttelte sie den Kopf und trank einen Schluck Wein. Sie musste zugeben, dieser

Miguel gefiel ihr. Sehr. Im Grunde von der ersten Sekunde an. Er hatte etwas Nachdenkliches und Zurückhaltendes. Sympathisch war er auch und innerhalb der wenigen Sekunden im Auto, in denen eigentlich nichts passiert war, zärtlicher als alle anderen Kerle, die sie vorher kennengelernt hatte. Nebenbei erinnerte er sie an einen der Nachrichtensprecher des *Canal 24 Horas*, hinter dem die halbe Nation her war. Seine Art zu sprechen hatte etwas Wärmendes, obwohl das Thema nicht passte, und nicht dieses Machogehabe, das anderen Typen draufhatten. Sie lächelte still in sich hinein. Mal sehen, wie sich der Abend entwickeln würde. Wirklich, die bisherigen Typen, wenn sie überhaupt mal Zeit für so was hatten, waren alles Weiberhelden mit Minderwertigkeitskomplexen gewesen. Und manche von denen wussten sich schlicht und ergreifend nicht zu benehmen. Zerrissene Kleidung und blaue Flecken hasste sie jedenfalls.

Aber wahrscheinlich war er doch seit Jahren längst verheiratet und hatte Kinder. Sie hatte die Aussagen am Telefon nur falsch interpretiert. Warum sonst verhielt er sich so distanziert? Andererseits war sie überrascht, dass er mit ihr einen solchen Abend zu zweit verbrachte. Dieses Lokal war für ein Dienstessen in gewisser Weise doch zu intim. Es könnte abenteuerlich werden, aber ein Abenteuer als solches wollte sie ausschließen. Vielleicht. Ihre Vorurteile bezüglich der Polizei schmolzen auf jeden Fall so schnell wie der gelegentlich fallende Schnee in Madrid. Seine Kollegen dort hatten seinerzeit mit einer gewissen Arroganz nur abgewunken. Als sie das Glas wieder abstellte, meinte sie:

„Jeder hat etwas anderes gegessen. Es gibt kaum eine Übereinstimmung. Die sind in meinen Augen viel zu gering. Vom ersten Dutzend wissen wir, dass es zweimal Hühnchen gab, zweimal fertige Salatmischungen und dreimal abgepackte Kuchen. – Merkst du was? Auch die ersten beiden Sachen sind eingeschweißt."

„Sieben eingeschweißte Mahlzeiten von zwölf. Und die anderen?"

„Bekommen es nicht mehr zusammen. Ich habe versucht ein wenig mehr herauszufinden, aber ich habe immer nur ein *podría ser,* könnte sein, gehört. – Das reicht wohl nicht, oder?"

Miguel schmunzelte und schüttelte lachend den Kopf. Elena klang, als wollte sie sich morgen bei der Polizei bewerben.

„Du könntest auch Detektivin werden. Vielleicht solltest du deinen Berufswunsch noch mal überdenken."

„Und dann mit dir zusammen die Bösen dieser Welt hinter Gitter bringen. – Keine schlechte Idee."

Ihr Augenaufschlag hatte es in sich. Raul brachte in diesem Moment zwei frisch gefüllte Gläser Wein und räumte die inzwischen leeren Teller weg, nur um jedem eine Portion Orangen-Sorbet mit Amaretto hinzustellen.

„Spendier' ich euch. Macht nämlich Lust auf mehr."

Grinsend und mit einem Auge zwinkernd verschwand er wieder hinter seine Theke, von der aus er, versteckt hinter seinem Tapas-Büfett, die beiden neugierig beobachtete.

Sie sahen sich beide etwas verschämt an. Wobei Elena nach einer Sekunde Miguel auch mit einem Auge zuzwinkerte. Lust auf ein *schönes* Abenteuer hätte sie dann doch. Der hüstelte und fragte:

„Überleben Viren das Einfrieren?"

„Du bist süß", meinte sie und streckte einen Arm über den Tisch, um ihm wieder über eine Wange zu streicheln. Dann fuhr sie mit einem Lächeln fort: „Leider besser als das Kochen. Viren liegen Eiweißstrukturen zugrunde. Um sie loszuwerden, muss man diese denaturieren. Das geschieht nun mal am besten beim Kochen. Dann gehen sie kaputt. Aber wie willst du das bei unseren Patienten bewerkstelligen? Du überlebst schon Fieber über 42 Grad kaum. Okay, manche Viren vertragen auch keinen Alkohol, weil viele eine Lipidschicht haben. Aber das Noro nicht. – Gott, schmeckt das gut!"

„Also geht einer durch die Supermärkte oder dahin, wo es Lebensmittel gibt, schmiert seine Hände vorher ein und verteilt das Virus auf Obst, Gemüse und so weiter, indem er alles anpackt?"

„Mit dem Risiko, selbst krank zu werden. Vor allem erwischt es ihn bei einer solchen Dosierung an den eigenen Händen sicher extrem heftig. – Wenn nicht sogar tödlich. – Ich glaube eher …"

„… dass er mit einer Spritze oder so die eingepackten Sachen infiziert", ergänzte Miguel Elenas Gedanken und aß einen Löffel des Sorbets, bevor er aufzählte: „Salate, Würste, Hähnchenschlegel, Milch, Joghurt … Scheiße! – Entschuldige! – Ich mag mir mehr gar nicht vorstellen wollen. – Ja! Es schmeckt verdammt gut!"

„Wäre das nichts für euch? Manipulierte Verpackungen zu finden? – Ich weiß nicht, wie so etwas funktioniert bei euch, aber …" Wieder klang es lustig, weil sie mit vollem Mund sprach, was zu ihrem sonst sehr gepflegten Erscheinungsbild gar nicht passen wollte. Schon griff sie hinter sich und zerrte ihre Tasche hervor, „… ich habe hier die Adressen der sieben Patienten. Ist, glaub ich, so nicht erlaubt, oder? – Sicher wirst du mich nachher verhaften müssen. Aber ihr könntet im Müll …"

Ihr Augenaufschlag war einfach umwerfend und veränderte sich auch nicht, als sie ihr Glas Wein leer trank. Miguel schaute sie eine lange Sekunde an, nahm die Liste und überlegte.

„*¡No!* Ist nicht erlaubt", stellte er fest. Dann lachte er. „Aber das wäre jetzt meine nächste Frage gewesen."
Ihr Teller war leer. Ebenso das Glas. Sie sah auf seinen Platz, Miguel bemerkte den Blick und überlegte. Vielleicht hätte sie Lust, noch irgendwo mit ihm etwas trinken zu gehen. Vielleicht könnte man sich für morgen verabreden, irgendwohin fahren, sich ein bisschen besser kennenlernen und ... Er sah hoch. Nichts in seinem Kopf widersprach ihrer nächsten Frage.

„Lass uns gehen! – Okay?"

4. September, 0 Uhr 30

Gerade war sie aus dem Bad gekommen. Nackt. Schön. Lächelnd. Alles an ihr, jeder Quadratzentimeter, absolut verführerisch. Er sah ihr an, dass sie es wusste. Und sie sah, dass es ihm gefiel. Ihre Zeit im Bad hatte er genutzt, in der Küche ein wenig aufzuräumen. Jetzt sah es wenigstens hier etwas wohnlicher aus. Sein Alltag ließ die Ordnung zu Hause durcheinandergeraten und seit heute auch seinen Kopf.

Mit einem Turm zwar nicht gebügelter, aber zusammengelegter Wäsche, den er noch im Schrank unterbringen wollte, stand er ihr nun gegenüber. Was für die nächsten Minuten und die Nacht geplant war, brauchte keine Erklärungen. Nicht einmal eine besondere Einladung. Spätestens nach ihrem *Lass uns gehen! – Okay?*. Noch bevor er den Turm auf einem Stuhl oder dem Esstisch ablegen konnte, war sie schon auf ihn zugekommen, nahm ihm den Stoffstapel aus den Händen und deponierte ihn einfach auf dem Sideboard neben sich zwischen der Lampe und einer leeren Obstschale.

Langsam drehte sie sich um. So wirkte sie wieder wie ein junges Mädchen, dachte er, und ihm fiel schon wieder Luisa ein. Diese indianerbraune und dunkelhaarige Schönheit mit schwarzen, mandelförmigen Augen und Hypnoselächeln. Diegos erste Liebe. Er hatte ja dieses Foto gesehen. Drüben von der Bauruine aufgenommen. Elenas kleine feste Brüste, ihre schmale Taille, diesen wilden dunklen Busch glaubte er auch auf diesem gesehen zu haben. Dort noch mädchenhafter. Jetzt aber stand eine doppelt so alte Frau vor ihm. Mit der typischen Geduld für den nächsten, längst gedachten Schritt. Für den seltenen Moment, der ein schlechtes Gewissen von Natur aus verbietet, weil es ein schlechtes Gewissen in einem solchen Moment nicht geben kann, wenn nur noch Gefühle eine Rolle spielen. Was hatte sie gesagt? *Wenn die Seele bereit ist, sind es die Dinge auch.* Selbst wenn er sich darüber Gedanken machen würde, Shakespeare hatte recht.

Er atmete tief ein und aus. In seinem Kopf stolperte dennoch alles durcheinander. Und Elena nahm ihn in den Arm, drückte ihn fest an sich und hielt ihn für lange Augenblicke einfach so fest. Genauso lange dauerte es, bis er endlich seine Arme um sie legte und seinen Kopf, sein Gesicht in ihre Haare sinken ließ und ihren Duft tief in sich einsog. Dann stellte sie sich ein wenig auf die Zehenspitzen, sah in an – Hypnoselächeln – und gab ihm einen Kuss, den er vorsichtig erwiderte, weil er ihre Tränen spürte.

„Ich freue mich nur so ...", hauchte sie zwischen seinen Lippen und: „Ich warte auf dich."
Elena ließ in los, schniefte etwas unfein und dennoch lächelnd, wischte sich mit einer Hand über das Gesicht, das ohne Schminke noch viel schöner war, und drehte

sich zum Schlafzimmer. Nur kurz wunderte er sich, nicht Inés dort hingehen zu sehen.

Fast eine Minute stand er noch so in dem viel zu hell erleuchteten Zimmer, bevor er das Licht im Wohnraum löschte und ebenfalls ins Bad ging, um sich fertig zu machen. Ein Blick genügte. Elena hatte dort sicher Inés' Sachen gesehen. Es konnte gar nicht anders sein. Alles stand viel zu offensichtlich herum. Ihre Zahnbürste, die Cremes, *heno de pravia,* das Duschgel, das sie sich extra gekauft hatte, wenn sie bei ihm übernachtete, ja sogar eine Hose, die ihm sicher nicht passte, hing an einem der Haken an der Wand. Nun zum Mahnmal geworden und ausgerechnet jetzt wieder zum Vorschein gekommen. Doch hatte Elena sich nichts anmerken lassen. Konnte es tatsächlich sein, dass eine solche Frau keinen Partner hatte, schoss ihm durch den Kopf. Er sah in den Spiegel und schüttelte den Kopf. Eigentlich nicht, doch sollte es heute – aus welchem Grund auch immer – keine Rolle spielen. Und bei ihm? Er forschte in seinem Spiegelbild. Einer – seiner Lust für diese Nacht hatte er schon am frühen Abend nachgegeben. *Aber du hast nicht angerufen, um abzusagen, sondern holst mich trotzdem ab. Vielleicht können wir im Moment genau das gut gebrauchen.* Elenas Worte. Es war nicht nur eine Antwort, sondern die richtige – vielleicht nur für diese Nacht, vielleicht …

Er zog sein Hemd aus, dann die Hose. Alles, bis auf die Unterhose und wusch sich. Morgen könnte er es vielleicht eher entscheiden. Auch wenn es dann in vielerlei Hinsicht zu spät war. Vielleicht sogar erst nächste Woche. Er merkte, dass er nach einer Ausrede, Notlüge, Beschönigung suchte, die er nicht finden konnte, weil es höchstens eine ehrliche Erklärung *dafür* gab, sonst nichts. Alles andere wären Ausflüchte.

Der Gedanke, dass dies alles nicht nötig war, weil Inés sich schon lange entschieden hatte, kam in ihm hoch. Diesen nahm er als weitere Erklärung für alles auf. Für heute. Für die Nacht. Dann trocknete er sich ab, löschte auch im Bad das Licht und ging hinaus. An der Tür zum Balkon stand keine Inés, stand niemand, der sich gleich umdrehen und ihn zur Rede stellen würde. Er lächelte und fühlte eine kleine Spur Abschied in sich, dann betrat er das Schlafzimmer.

In dessen schummrigem Licht betrachtete er Elenas bereits schlafenden Körper unter dem dünnen Laken. Sie musste sofort eingeschlafen sein. Ihr Atem ging gleichmäßig. Doch hatte er den Eindruck, dass ihr Körper manchmal nahezu unmerklich zuckte. Auch in ihrem Kopf stoben sicher die Gedanken wie eine Staubwolke umeinander und würden am Ende genauso durcheinander liegen bleiben. Er war versucht sie zu berühren, nur für einen Moment diese unnachahmliche, weibliche und sicher beruhigende Wärme zu spüren. Doch tat er es nicht und beließ es dabei, sich unter den Rest der Decke zu legen und einen alles in Lot bringenden Schlaf zu finden. Das Leben gab es ohnehin nur in dieser Minute. Alles andere war schon Vergangenheit oder Science-Fiction.

4. September, 6 Uhr 45

Miguel wachte mit einem Arm von ihr auf seiner Brust und ihrem Gesicht an seinem auf. Ihr warmer, noch schlaftrunkener Atem wärmte, kitzelte und umschlang seinen Hals. Er befreite seinen Arm, auf dem sie lag, und ließ ihn über ihren Rücken gleiten. Seine Hand stoppte auf ihrem Po. Als sei er aus Porzellan streichelte er ihn. Dann drehte er vorsichtig seinen Kopf, bis seine

Lippen ihre Stirn trafen. Seine Hand wanderte wieder nach oben und strich die Haare aus ihrem Gesicht, das sie langsam hob, um ihn anzuschauen. Im Dämmer des Morgens sah sie nur seine Konturen, trotzdem auch ein zufriedenes Lächeln. Sie schmiegte sich mit ihrem Unterleib noch dichter an ihn und schob ein Bein über seinen Schoß. Ihre strubbelige Scham kitzelte seine Seite. *Jetzt bloß nicht an die Arbeit denken*, dachte Miguel, *nicht an die Kranken und den viel zu langen Tag*, dachte Elena.

„Entschuldige bitte!", flüsterte sie plötzlich.

„Was?", fragte er ganz ehrlich unwissend.

„Ich bin eingeschlafen", erwiderte sie.

„Du hast wunderschön ausgesehen", erklärte er bewundernd. Elena seufzte. Es klang glücklich.

„Immerhin brauchst du jetzt kein schlechtes Gewissen zu haben", meinte sie und Miguel spürte ein Lächeln in ihrem Gesicht.

„Es gibt Momente im Leben", begann er, „die als solche erhalten bleiben oder zur Geschichte werden. – Das weiß man im Augenblick des Momentes aber noch nicht, sondern erst irgendwann in der Zukunft."
Elena glitt mir ihren Fingern von seiner Brust hinauf zum Hals und weiter in seine Stoppelhaare und schob sie unter seinen Kopf. Dann zog sie sich hoch und gab ihm einen Kuss.

„Das hast du schön gesagt!"

„Ich meine es auch so!" Es war nicht gelogen.

„Was würdest du machen, wenn ich jetzt schon nicht mehr da wäre?", wollte sie wissen.

„Dich vermissen", stellte er fest. Auch das war nicht gelogen.

Wieder spürte er Tränen.

„Was ist?", fragte er daher.

„Vielleicht glaubst du, so eine wie ich würde so etwas täglich hören. – Aber ich habe das noch nie gehört. Damals in dem Labor hatten ein paar allerdings gedacht, ich sei als junge dumme Medizinstudentin eine Art Freiwild und machten ihre Andeutungen und einer von diesen Edelschlauen dachte manchmal wohl, mein Arsch gehöre ihm. Als ich dich heute Nacht umarmt habe, hast du weder etwas Anzügliches gesagt, noch hast du meinen Arsch bearbeitet. Erst gerade hast du ihn gestreichelt, als wenn er entzweigehen könnte. – Deine Freundin muss wohl einen anderen Grund haben, dich zu verlassen. – Ich kann mir nur gerade keinen vorstellen."

Miguel atmete tief durch. Inés hatte ein anderes Leben gehabt, dachte er bislang. Ein noch schlimmeres. Und, er war Inés zu nah auf die Pelle gerückt, hatte sie gemeint. Doch Elena entschuldigte sich dafür, es bei ihm nicht getan zu haben. Vielleicht war die simpelste Antwort doch die, die Pelleter ihm in einem der letzten Gespräche gesagt hatte, in den seltensten Fällen funktionieren Beziehungen am selben Arbeitsplatz. Denn immer nur einer kann vorne stehen und der andere ist automatisch hintenan. Und wenn dieser es sein ganzes Leben war, wird man müde, ein solches fortzuführen.

„Wenn ich ihn wüsste …"

„… würdest du mich vergessen wollen."

„Wenn ich ihn wüsste, weiß ich die Lösung nicht."

„Und wenn du sie wüsstest?"

„Müsste sie angenommen werden."

„Das sind viele Konjunktive."

„Im Moment zu viele."

„Womit wir wieder beim Hier und Jetzt wären."

„Und warum bist du allein?"

„So eine wie ich verkehrt in den falschen Kreisen. In denen sind zu viele Selbstdarsteller unterwegs. Aber du

erkennst das nicht, weil du nur zwischen deiner Arbeit und denen hin und her pendelst. Da musstest du kommen. – Ich habe so etwas immer gehofft."
Elenas Hand strich durch seine Haare zurück, passierte eine Wange, seine Lippen, den Hals, um über die Schulter und Brust zurück auf den Bauch zu gelangen. Sie kreiste um seinen Nabel, zupfte dort an den Härchen und schlüpfte unter seinen Slip. Es war alles in Ordnung, alles gut, alles richtig. – Für diesen Moment. Sie zog ihr linkes Bein noch mehr an, schob es über seinen Unterleib und musste sich nicht mehr entschuldigen.

4. September, 7 Uhr 20

Noch auf ihm liegend und Miguel mit seiner ganzen Wärme in sich spürend, wurde ihre Intimität jäh durch das Klingeln eines Telefons gestört.

„Ist meines", nuschelte Elena in Miguels Ohr und bedeckte sein Gesicht mit Küssen. „Lass es also einfach klingeln", forderte sie ihn auf, obwohl es ihr Handy war. Sie rollte ein wenig ihr Becken auf seinem Schoß, um dieses Gefühl noch eine Weile zu spüren und zu genießen, doch das Klingeln hörte nicht auf.

„Verdammte Scheiße! – So ein blöder Apparat!", rief sie laut und kletterte von ihm herunter. Dann ging sie hinaus zu ihrer Tasche. Miguel schob sich am Kopfende hoch und schaute hinter ihr her. Vielleicht doch ihr Freund, der wissen wollte, wo sie bleibt, dachte er. Ihr Körper glitzerte im Licht des entstehenden Tages, als wäre auf ihm Diamantenstaub verteilt. Spätestens in einer solchen Situation hätte sich Inés etwas angezogen, doch Elena bewegte sich so selbstverständlich, als hätte sie Kleidung an. Auf der Innenseite ihrer Schenkel sah er deshalb das Ergebnis ihrer gerade geschehenen Liebe hinunterrinnen. Ein anderes als dieses Wort für einen solchen Moment ließ er nicht zu. Und sie wühlte immer noch in ihrer Tasche herum. Endlich hatte sie das aufdringliche Ding herausgezogen, verdrehte die Augen, flüsterte ihm *Klinik* zu und nahm ab. Sekunden später setzte sie sich, nackt wie sie war, auf den Boden und er hörte nur unvollständige Gesprächsfetzen:

„¡*No!* Verdammter Mist! Das gibt's doch gar nicht! – Wer? – Nein! – Und es gibt keinen Zweifel? – Ja! – Klar! – Eine halbe Stunde wird es aber noch dauern. – Ehrlich! Leute! – Und Jiménez? – Das hab' ich mir gedacht. So ein Idiot. – Bis gleich. – Ja! Scheiße!"

Sie warf das Handy quer über den Boden und kickte gegen ihre Tasche, die ihren Inhalt verteilte, während das Ding unter der Spüle gegen die Kante krachte. Miguel musste lächeln, obwohl er ahnte, was geschehen war. Ihre wütende Art erinnerte ihn dennoch an Inés. Er wollte aufstehen und wäre fast aus dem Bett gefallen. Um seine Füße war seine Unterhose wie ein Lasso gewickelt. Jetzt sah Elena zu ihm und musste ebenso lachen. Dann stand sie auf und kam zu ihm zurück. Er hatte die Unterhose inzwischen ausgezogen und saß auf der Kante. Mit den Füßen an seinem Körper vorbei setzte sie sich auf seinen Schoß und umarmte ihn wie ein kleines Kind.

„Versprich mir, dass du mich heute Abend wieder abholst. Egal wann. Ich schreibe dir eine Nachricht vorher. – Ja?"

„Ich werde den ganzen Tag an nichts anderes denken", erwiderte er und war fest überzeugt: Auch das war nicht gelogen.

Elena quittierte es mit einem Kuss und verschwand im Bad. Dann hörte er die Dusche. Das Waschbecken war also frei.

4. September, 8 Uhr 40

Miguel deutete auf die Mappe.

„Ich weiß, gar nicht unser Ressort. Aber, was ist, wenn da draußen tatsächlich ein Irrer herumläuft?"
Pelleter legte die Blätter auf den Schreibtisch zurück und drehte sich auf seinem Stuhl hin und her.

„Die haben Sie von Ihrer neuen Freundin?"
So schnell machte das also die Runde. Miguels Blick verriet nicht seine Verwunderung. Er hatte auch keine Lust, darauf einzugehen. Vielmehr hörte er einen Zweifel bezüglich der Glaubwürdigkeit aus Pelleters Worten heraus und überlegte, ob an einer solchen Behauptung etwas sein könnte. Formulare ließen sich an Computern inzwischen leicht fälschen. Kommas konnten verschoben werden. Ja, ganze Inhalte, die kein Gramm Wahrheit enthielten, waren in die Textfelder kopierbar. Das war alles hinlänglich bekannt. Er selbst hatte ja ab und zu ein solches Dokument auf seinem Armaturenbrett liegen. Die Zeit war also für weitere Lügen bereit.

„Ich habe mich erkundigt. Der Lebensweg, den sie mir geschildert hat und ich Ihnen, stimmt. Ich habe das Labor angerufen und wollte sie sprechen. Dort war man verwundert und sagte mir, dass sie seit zweieinhalb Jahren nicht mehr dort sei."
Pelleter hob die Augenbrauen.

„Ich meine nur. Ihr Engagement in alle Ehren, aber es ist tatsächlich nicht unser Arbeitsbereich. Der Anhaltspunkt ist doch eher eine Behauptung als ein begründeter Verdacht, dem wir nachgehen könnten. Unser aller Chef würde mir aufs Dach steigen, wenn wir so vorgehen würden."

„Vielleicht müssten wir eine solche Quelle, ein verseuchtes Lebensmittel finden, damit ..."

„... wie wollen Sie das anstellen", fiel ihm Pelleter ungehalten ins Wort. „Jemand kommt, behauptet irgendwas und wir machen uns auf die Suche nach der Nadel im Heuhaufen. Das hier", er tippte auf die Blätter, „ist kein offizielles Schreiben. Das ist nichts, was mich befähigt, mir die Virologen auf der Insel vorzuknöpfen, um sie mal ein bisschen auszuquetschen." Jetzt zirkelte eine Hand einen großen Kreis in die Luft. „Um unter denen einen total frustrierten Typ zu finden, der jetzt auf diese Weise eine große Karriere plant."
Sein Chef war ungehalten. Das kam selten genug vor. Aber Sanchez Olivero verstand es sogar. Doch hatte er noch einen Pfeil im Köcher. Die Liste der Adressen hatte er in seiner Schublade liegen.

„Wenn ich – sagen wir – innerhalb der nächsten 24 Stunden eine manipulierte Verpackung finden würde und die Analyse erbrächte, dass in oder an dieser dieses Virus nachzuweisen wäre, hätten wir doch vielleicht den Anhaltspunkt?!"

„Im Müll rumwühlen?" Pelleters Augenbrauen waren an seiner Stirn angeheftet. „Das macht, wenn, die Spurensicherung und das auch nur dann, wenn wir einen schwerwiegenden Verdacht haben. – Den sehe ich aufgrund der Vermutungen hier drin nicht. – Ich kann ja verstehen, dass sie gegenüber Ihrer Freundin, immerhin eine Ärztin, sich auch ein wenig präsentieren wollen, aber das kann ein ganz herber Querschläger werden."

Jetzt war es Miguel, der seine Augenbrauen hochzog. Pelleter war für gewöhnlich ein sanfter, sehr überlegter und gut analysierender Vorgesetzter. Diese Art von Emotionen waren Sanchez Olivero allerdings tatsächlich bislang unbekannt. Er wollte nicht weiter provozieren und wählte eine diplomatische Lösung.

„Sie haben natürlich recht. Ich denke nur, wir sollten – sagen wir – vorbereitet sein und Fragen wie *Warum haben Sie sich nicht gekümmert?* mit guten Argumenten parieren können. Lassen Sie mich und Ricardo nach solchen Verpackungen suchen. Dann könnten Sie – bei Erfolg – von sich aus die nächsten Zuständigkeiten einschalten, weil Sie einen begründeten Verdacht in Händen halten. Dann ist es deren Aufgabe, für Aufklärung zu sorgen, und Ihre Hände bleiben sauber. – Wenn wir nichts finden, können Sie mich zusammenscheißen."

„Miguel. Ich will Sie nicht zusammenscheißen, aber das Geflecht, die Hierarchien unseres Apparates sind leider auch mit vielen Egoismen und neidischen Argusaugen versehen. Man neidet den kleinsten Erfolg, der auf fremden Feldern geerntet wird. – Man pflückt halt nicht die Orange vom Nachbarsbaum, selbst wenn der Ast über der Straße hängt."

Nun sah ihn Pelleter wieder gutmütig an, nahezu wie in alten Zeiten, aber Miguel sah auch, dass ihm noch eine Frage auf den Nägeln brannte.

„Stimmt das also, was hier heute Morgen im Haus die Runde macht? Wissen Sie, ich sollte es wissen, unter diesen Umständen muss ich Señora Farriguas Antrag vielleicht neu bewerten und ihr doch einen neuen Arbeitsplatz ermöglichen."

Miguel seufzte und fuhr sich mit beiden Händen über das Gesicht. Es gab nichts herumzudeuteln. Egal, was die Runde machte, wie Pelleter meinte, zu viel daran war jetzt schon richtig. Er rutschte mit seinem Stuhl etwas vor, stützte seinen Kopf mit einer Hand vor dem Mund ab und sah Pelleter für eine lange Sekunde an. Dann meinte er:

„Das Leben hat manchmal merkwürdige Wendungen auf Lager. Ich glaube, Inés und mich haben diese

Wendungen parallel getroffen. Vielleicht wollen uns diese auch nur über etwas anderes nachdenken lassen. Aber um Ihre Frage zu beantworten – ich habe immer Ihre Offenheit und Ehrlichkeit geschätzt – für den Augenblick gilt: Elena und ich ..." Sollte es eine Fortsetzung seines Satzes geben, behielt Miguel diese für sich. So stand er auf, klopfte leicht auf den Schreibtisch und ergänzte stattdessen mit:

„Morgen versuch ich mit Ricardo etwas herauszufinden. Wenn nicht, vergessen wir *diesen* Fall."
Pelleter atmete tief durch, stand auch auf und nickte.

„Ich wünsche Ihnen sowohl in diesem Fall wie in dem anderen viel Glück. – In diesem Fall", er nahm die grüne Mappe und reichte sie Miguel rüber, „sollten Sie allerdings noch vorsichtiger vorgehen. Sie sehen ja, wie schnell das Haus glaubt, sein Urteil fällen zu können." Dann kam er um seinen Schreibtisch herum und reichte Miguel die Hand. „Ich gehe davon aus, dass Señora Muñoz ausschließlich gute Herzschmerzen verursacht. Meine jüngere Tochter macht nämlich gerade ihren ersten Liebeskummer durch. Das ist an manchen Tagen schlimmer als jedes Virus. – Für die ganze Familie."

4. September, 8 Uhr 55

„Vicenç!?" Sanchez Olivero fuhr hoch. „Was machst du denn hier? Und dann noch um diese Zeit?"

„Du warst gerade bei Pelleter?"

„Mann! Was hast du überhaupt an? – Hast dich in Schale geworfen?!"
Der Inspector musterte den schicken Look des Jungen: Stoffhose, hellblaues Hemd und eine lässige, aber saubere Jacke. Sogar die Schuhe blinkten. Nur um seinen

Hals hingen wieder die Ohrhörer und verströmten ihren Lärm.

„Hat er dir nichts gesagt?", fragte Vicenç.

„Nein. Warum? Was hätte ich erfahren sollen?"

„Er hat mich eingeladen. Letzte Woche habe ich dir doch davon erzählt. Er will mir erzählen, wie das alles hier funktioniert und so."

Miguel musste lachen.

„Das weißt du doch alles. Du fummelst ja schon an unseren Computern herum."

„Es geht auch um die Ausbildung. Du hattest recht. Hier werde ich nur so eine Art Praktikum machen können. Wenn ich sechzehn bin, darf ich mal die Streife begleiten oder in einem Wagen mitfahren. Ist ja demnächst der Fall. Find ich echt scheißgut."

Miguel hob die Augenbrauen und schüttelte grinsend den Kopf.

„Neulich sagte man mir, ich sei hartnäckig, aber im Vergleich zu dir bin ich weich wie Butter. – Jetzt hast du es also tatsächlich geschafft."

„Zumindest bin ich nah dran. – Ist Inés da? Dann sag ich ihr auch Bescheid."

Nun schüttelte Miguel verneinend den Kopf und Vicenç zog sich den Stuhl heran.

„*Ey, ¡güey!* Alter! Was macht ihr für einen Scheiß?" Er zeigte auf seine Ohrhörer. „Kennste den Song? Biffy Clyro, *Mountains*, geiles Lied. Wirklich." Er schaute weg. „Ich hab' da was gehört. Das kannst du nicht machen! Sag ich dir! *I took a ride, I took a ride, I wouldn't go there without you.* So müsst ihr das machen."

Miguel schaute ihn lange an und seufzte.

„Wann hast du deinen Termin?"

„In einer halben Stunde. Es gibt keinen anderen Bus."

„Dann komm mal mit."

„Ach du Scheiße! So schlimm? Verdammt, das könnt ihr wirklich nicht machen!"

„Komm schon!"

Miguel stand an der Tür, wedelte mit den Händen und winkte ihm. Fünf Minuten später saß er mit Vicenç unter einem Plakat mit Sandwiches auf der anderen Straßenseite der *Simó Ballester* und trank einen Kaffee und der Junge eine Cola. Immer wieder den Kopf schüttelnd hatte er Miguel auf dem Weg dorthin zugehört.

„Aber vielleicht geht das ja noch gut aus?"

„Das ist ein großes Vielleicht."

„Warum denn? Verflucht."

Miguel atmete tief ein und schnaufte. Dann schaute er das dämliche Plakat an und machte Toni das Zeichen für einen zweiten Kaffee. Konnte gut sein, dass er derjenige war, der Vicenç und auch die Jungs vor den Kopf stoßen musste. Konnte sein, dass nächste Woche Montag für Inés und nicht für ihn, wie bislang gedacht, die Welt zusammenbrechen würde. Konnte sein, dass nächste Woche auch alles anders aussah.

„Wenn nicht Inés schon einen anderen haben sollte, dann hab' ich vielleicht eine neue Freundin."

4. September, 10 Uhr 45

Das Internet bot keine schlüssige Lösung dafür an, wie ein Virus aus einem Labor nach außen dringen könnte. Auch darüber müsste er noch mal mit ihr sprechen. Alle Erklärungen endeten meist damit, dass sich die Verursacher einer Epidemie selbst infiziert hatten. Auch Ricardo konnte es sich nicht vorstellen. *Ich sag dir, die Schleusen und Kontrollen sind wasserdicht. Die bringen sich doch nicht selbst um.* Einen Unfall wollte er auch nicht gelten lassen. *Der hätte in einer Zeitung gestanden, wäre doch ein gefundenes Fressen für die Presse, oder?*

Also gehörte kriminelle Energie dazu. Für solche Dinge war nur einer zuständig, die Fantasie solcher Typen zu erklären. Er schaute auf die Uhr. Es war gerade mal vierundzwanzig Stunden her, dass sie miteinander telefoniert hatten. Vielleicht sollte er einen Strauß Blumen für Valentina kaufen und zu ihm hochfahren. Auf der Terrasse konnte man sicher gut darüber sinnieren.

Eduardo war tatsächlich erstaunt. Sanchez Olivero musste wirklich tief im Schlamassel sitzen. Denn immer, wenn er anrief, war seine Welt kurz vor dem Untergang. Eduardo nahm sein Telefon und ging hinaus auf die Terrasse. Vorne vom linken Eck aus sah er ein paar Dächer des Ortes unter sich und noch ein paar Meter weiter, von dem Felsen mit der kleinen Aussichtsplattform, die Küste mit den Eselsohren, zwei weiteren Felsen an der Steilküste, die *Pedra de s'Ase*. Geduldig hörte er Miguel zu und schaute in den Himmel. Das Wetter war gut. Miguel könnte auch kommen. Wenn es so weiterging, auch hier einziehen. Er lächelte, während Miguel den Stand der Dinge erklärte. Dann machte er endlich eine Pause und Eduardo meinte seufzend:

„Die Jungs in Kolumbien machen ja viele Sauereien, aber an Viren sind sie nicht interessiert. Das ist vollkommen kontraproduktiv. Sie könnten solche Angriffe nicht steuern. Und damit würden sie ihre Ziele aus den Augen verlieren und sich am Ende selbst aus dem Weg räumen. Okay? Aber einer von denen kennt sich doch ein wenig aus. Wenn du auf so ein Virus scharf bist, brauchst du in erster Linie gutes Ausgangsmaterial und du solltest natürlich vom Fach sein. Ein Anfänger bringt sich nur selbst um. In deinem Keller sollte also ein erstklassiges Labor stehen. Dann musst du von den Experimenten im anderen Labor die Sequenzdaten des Virenerbgutes kennen, den Aufbau und den Beginn der Vorgehensweise. Das heißt, du benötigst eine undichte Stelle, einen, der sich die Daten auf seinen Unterarm schreibt und dann hinausstiefelt. Das ist schon schwierig genug. Denn davor steht: Wie kommst du an ein isoliertes Virus? Okay, du nimmst einem Halbtoten sein Blut ab und holst es da raus. Aber frag mal dein neues Mädel, wie kompliziert das ist. Mannomann! Ich kann mir da wirklich nur Terroristen dahinter denken, denn da gehört auch politische Deckung zu. Diese Idioten von Al-Qaida sind die Einzigen, und von denen weiß ich, dass sie noch nicht so weit sind."

„Du *weißt* das?"

„Die Arschlöcher machen den Gangs bei mir zu Hause immer wieder die Hölle heiß. Bis vor ein paar Jahren haben sie gemeinsame Geschäfte gemacht oder sich zumindest abgesprochen. Aber ich schwöre, nicht mit mir, und jetzt geht's los und sie beginnen zu drohen."

„Das sind ja feine Aussichten." Miguel war wirklich fassungslos.

„Ach, das geht schon viel länger, als ihr alle denkt. Vor über zehn Jahren schon haben sie Kontakt zur Farc und der IRA gesucht. Wahrscheinlich ist der danebengegangen und nun suchen sie im Bereich der Biowaffen herum, um die Welt zu unterjochen. Aber mit deinem Virus eliminieren sie sich höchstens selbst. Biowaffen sind da was ganz anderes. Wirken viel lokaler. Das ist das, was sie wollen. Krach machen in einer Großstadt und dann die Millionen erpressen. – Wenn nicht Milliarden. – Und verdammt …" Eduardo hatte sich in Rage geredet, was selten vorkam. „... ich kann dir genug Kanaillen an vorderster Front nennen, die da inzwischen mitmachen."

„Also gut. Unfall. Wenn überhaupt." Miguel versuchte Eduardo etwas zu bremsen.

„Oder ein hinausgeschmuggeltes Reagenzglas. Ist auch schon mal passiert."

„*¡Hombre!* Du machst mir Freude! Wenn man dir zuhört, bekommt man richtig Angst vor der Zukunft. Da haben wir kleinen Polizisten keine Chance."

„Die Angst habe ich vor über sechzig Jahren abgelegt. Erst, weil ich leider in manchen Sachen mitgemacht habe, und das zweite Mal, als ich in Suba, Usme und Soacha war. Das sind Stadtteile und Slums von Bogotá. Wenn du dort einen Tag herumläufst, ohne Opfer der Gewalt gesehen zu haben, hast du geträumt oder bist blind. Es gibt dort keinen Tag ohne mindestens einen Toten. Und der liegt, wenn die Gangs es so wollen, nicht nur *einen* Tag auf der Straße. – Aber sei beruhigt. Solche Typen halten euch warm. In manchen Ländern sind deine Kollegen deren Schutzschild. Und für einen Krieg ist das Militär zuständig. – Grüß Elena von mir."

4. September, 14 Uhr 50

Zwanzig Minuten. Normalerweise genug, vor das Haus zu gehen und kurz Luft zu schnappen. In dieser Montur aber nicht zu machen. Die Maske um den Hals und den Kopfschutz auf den Tisch gelegt schaute sie in die noch halb volle Tasse Kaffee. Vor einer Stunde hatte ihr Teresa die neuen Analysen gegeben. Die Reproduktion des Virus war nicht nur auf den Magen-Darm-Trakt beschränkt, sie setzte sich in dramatischer Geschwindigkeit in anderen Organen fort. Einer der Patienten hatte den Befall in der Leber. Eine Frau in den Nieren.

Elena verschränkte die Arme auf dem Tisch und bettete ihren Kopf auf sie. Die Tränen liefen wie auf Knopfdruck und ihr Körper schien mit jeder leerer zu werden. Wer auch immer dieses Virus auf die Insel gebracht hatte, wusste, was er anrichten würde. Denn schon damals im Labor war diese Eigenart des Virus aufgefallen. Warum sonst hatten sie die Versuche abgebrochen?

Einen Moment dachte sie darüber nach, Miguel anzurufen und abzusagen. So hatte er nichts von ihr. So hatte das alles keine Zukunft. So oder so. Die nächsten Wochen könnte sie ihm nur vom Leeren der Bettpfannen berichten, vom Halten der Köpfe, wenn sich die Leute wieder erbrechen mussten, vom Stöhnen, wenn die Krämpfe wieder zunahmen und ihre Körper durchschüttelten. Was beim normalen Noro innerhalb von drei bis fünf Tagen nahezu über Nacht verschwand, würde sie vierzehn Tage, manche länger, quälen. Wenn ihre Konstitution es überhaupt zuließ. Wenn ihre Körper und ihr Wille nicht schon vorher aufgegeben hätten. Heute war jedenfalls der zweite Patient schon nach nur fünf Tagen verstorben. Und dieser idiotische Jiménez Vilanova hatte nichts Besseres zu tun gehabt, als jedem zu sagen, dass bei dieser Art Vorschädigung der Typ spätestens in einem halben Jahr gestorben wäre. *Wer so gesoffen hat, ist selbst schuld.* Dabei wusste er genauso gut wie die anderen, dass der Patient eine stark ausgeprägte Hämochromatose, eine Eisenspeicherkrankheit, hatte, die ihn sicher noch zehn oder mehr Jahre hätte überleben lassen.

In wenigen Tagen schon spielt es keine Rolle mehr, ob sie Heilende oder Pflegende wären. Spätestens nächste Woche würden sogar die Putzfrauen genauso die Bettpfannen leeren müssen, würden alle wie Billardkugeln von der Wand, wie zickzack-springende Kinder beim Hüpfspiel, wie ein Ball beim Pingpong von Zimmer zu Zimmer springen und ... ja, was? Helfen? Retten? Sterben lassen? Das Leben hatte mit einem Mal andere Überlegungen anzustellen. Es müsste dieses Leben überleben lernen. Die Chancen würden von Tag zu Tag schwinden, weil sie nur noch die schweren Fälle aufnehmen könnten. Das Hospital wird zum Hospiz. Das Heilen wird kaum noch möglich sein. Das Sterben gelingt, wie auch immer, von selbst. Innerhalb von einer Woche wären die Betten neu belegt, von Menschen, die zumeist kein Meer, keine Blumen und nicht mehr ihre Wohnung sehen würden. Die Quote läge bei über 60, fast 70 Prozent.

Plötzlich hörte sie Stille um sich herum. Eine Stille, die ihr sofort Angst machte, die meistens nicht Gutes verhieß. Eine Angst, die ihr neues Leben zerstören könnte. Dabei brauchte sie dieses jetzt wie Kranke ihre Medizin. Sie hob ihren Kopf und lauschte. Doch, da waren Teresas Stimme und auch Paolos. Sie hatte sie wohl mit ihrem Grübeln nur ausgeblendet. Dennoch würde in wenigen Minuten nichts mehr so sein wie wenige Minuten zuvor, und doch wäre es dasselbe. Bettpfannen leeren, Blutdruck messen, Befunde notieren, Bedarfsmedikationen bestimmen. Eigentlich nichts anderes als an den sonstigen Tagen. Aber die Geschwindigkeit hatte sich längst mit einer nahezu apokalyptischen Monotonie gepaart und warf ihre Jungen.

Sie schaute auf ihre Uhr. Noch drei Minuten. Zeit genug, abzusagen. Sie schloss die Schublade auf und holte das Handy heraus. Tippte Miguels Nummer. Noch bevor die Töne das Wählen bestätigten, kam Teresa herein und Elena drückte das rote Symbol. Teresa sah ihre nassen Augen und das Handy und setzte sich neben sie.

„Liebeskummer?" Sie streichelte Elenas Arm.
„Von dem hast du mich gerade abgehalten."
„Wie das?"
„Gerade wollte ich ihn anrufen und absagen."
„Nächste Woche sieht es sicher anders aus."
„Wir stehen noch nicht einmal am Anfang."

4. September, 17 Uhr 35

Sein Schlauchboot sah sie schon von Weitem. Ihn erst kurz davor. Die meisten Leute am Strand waren dabei ihre Sachen zusammenzupacken. Der unerwartet aufkommende, eher kühle Wind hatte den Badetag für heute beendet. Nun verdeckten Luftmatratzen, aus denen die Luft herausgepresst wurde, und zusammengeklappte Sonnenschirme die Sicht auf ihn. Ramon saß auf einem weißen Plastikstuhl direkt unter der Mauer. Auf einem billigeren Ding als sie beide vor drei Tagen. Keiner, der zu dem Kiosk der Strandbar gehörte. Sein Blick ging zum Meer und wirkte ernst. Schien zu überlegen. Vielleicht dachte er an sie, sie hoffte es fast und fühlte sich etwas kindisch dabei. Zwanzig Meter, bevor sie ihn erreicht hatte, blieb sie stehen und betrachtete ihn. Fragte sich, ob das, was heute folgen sollte, richtig war, und schüttelte sofort den Kopf. Falsch. Richtig. Was für eine dumme Fragestellung. Gefühle waren nicht richtig oder falsch. Sie waren einfach da.

Unbemerkt hatte sie sich angeschlichen, beugte sich über das Mäuerchen, fuhr von hinten mit beiden Händen von seinen Schultern auf seine Brust hinunter und küsste ihn unter das rechte Ohr. Dann flüsterte sie:

„Dein Wolf ist ganz warm."

Inés nahm sein Lächeln wahr und sofort lief ihr eine Träne runter. Sie kniff ein wenig in seinen Bauch, der mehr aus Muskeln bestand und fügte hinzu:

„*¡Pucha!* Verdammt! Du glaubst nicht, wie ich mich auf heute gefreut habe."

Ramon umfasste ihre Arme und zog sie noch weiter zu sich herunter. Ihre Hände stoppten unter dem Bund.

„Ich mich auch. Obwohl ich nicht wusste, dass du heute kommst. Kein schlechtes Gewissen also?"

„Ein schlechtes Gewissen?", entgegnete sie ehrlich verwundert.

„Deine Jungs. – Zum Beispiel."

„*¡No!* In vielleicht fünf Jahren sind sie beide aus dem Haus und ich eine immer noch zu junge Frau, um nichts vom Leben gehabt zu haben. – Wann hast du frei? Ich möchte dich zum Essen einladen und du entscheidest, wohin wir gehen. – Danach, wenn du magst, zu dir. Ich hätte aber auch noch das Zimmer im Hostal."

Ramon hatte bereits nach den ersten Worten genickt und war aufgestanden. Er kletterte über die Mauer, um sie in den Arm zu nehmen und zu küssen. Wie vor zwei Tagen fuhr er ihr durch die Haare und sie fühlte sich wieder wie eine Sechzehnjährige und alles war weit von ihr fortgerückt.

„Ich kenne einen ganz guten Thai. Nicht weit von hier", meinte er und fügte lächelnd hinzu: „Der wäre auch ganz in meiner Nähe. Zudem können wir auch in dieser Kluft hin. Ich warte nur noch ab, bis hier die meisten fort sind."

„Dann schau ich dir beim Warten zu", lachte sie.

Schon hatte sie sich umgedreht und sich absichtlich ein paar Meter von ihm entfernt auf das Mäuerchen gesetzt. Auch die Bar rückte schon ihre Stühle zusammen, der Typ mit der schwarzen Schürze schaute nach oben, so wie es aussah, würde der Abend zu kühl werden, um hier noch länger sitzen zu bleiben. Im Sand vor ihr eine ramponierte *Ultima Hora* von gestern, *El temor al norovirus, más de 30 infectados.* Inés hob sie auf und überflog die ersten Zeilen. Dreißig. Das Mädchen an der Rezeption hatte recht. Das war nichts, worüber man sich Gedanken machen musste. Auch wenn sie im Radio schon darüber sprachen. Dann warf sie die Zeitung wieder zurück, winkte und sah Ramon dabei zu, wie er seine Rettungsboje, den Gurtretter und die Flossen von der Wasserkante holte. Anschließend nahm er das Rettungsbrett. Das Boot hatte er schon zum *Balneario* gezogen. Sie stand auf, öffnete den Verschlag an der Seite und half das Brett hineinzustellen. Er küsste sie auf den Hals.

„Schade, dass es da drin zu eng ist", meinte sie.

„Gut, dass ich es gemütlicher habe", erwiderte er mit einem schelmischen Blick.

4. September, 18 Uhr 50

„Ich werde mich für eine Zeit lang ausklinken."
Sanchez Olivero schob Diego seine Cola rüber und die zwei Burger. Dann suchten sie sich einen Platz. Es war Diego, der ihm fast ein Dutzend Nachrichten geschrieben hatte. *Klappt das heute Abend? – Ich muss wirklich mit dir sprechen! – Es gibt da so Gerüchte!* – und so weiter. Jetzt erwartete er ein kompliziertes Gespräch und versuchte dies gleich mit dem ersten Satz, *Ich werde mich für eine Zeit lang ausklinken,* abzublocken.

„Was hast du vor?" In Diegos Stimme schwang ein wenig Angst.

„Ich werde euch ab jetzt ein paar Tage in Ruhe lassen. Inés hat den Abstand nötig. Und ich inzwischen auch – egal, was nun passiert –, der aktuelle Fall lässt jetzt keine Therapiestunden mehr zu. Hast du ja sicher in den Nachrichten gehört oder gelesen. Vielleicht ist es besser, wenn auch ihr sie in Ruhe lasst und nicht dauernd etwas fordert."

„Wir fordern doch gar nichts. Sie ist immerhin unsere Mutter. Sag das mal lieber Großmutter, die nervt doch den ganzen Tag und kontrolliert oder macht Vorschriften. Aber abends haut sie genauso zu ihrem Kartenspiel ab. – Ich sag' dir, das hat nichts mehr mit Sorge zu tun."

„Falls sich dieser Fall noch ausweiten sollte, dann schon. Mit diesem Virus ist nicht zu spaßen. Leider ist schon jemand daran gestorben."

„Hab' ich gelesen. War schon ein alter Mann. Vermutlich dehydriert. Man hätte ihm halt zu trinken geben müssen. – Toll, wenn die das in 'nem Krankenhaus nicht machen. Echt 'ne Glanzleistung von denen."

„Vielleicht solltest du statt Polizist, Pfleger oder Arzt werden", lächelte Sanchez Olivero und strich ihm über den Kopf.

„Ey, ich bin kein kleiner Junge mehr", zischte Diego ihn an und duckte sich weg, „wohl vergessen, oder?"

„Aber scheinbar noch nicht alt genug, um sich um sich selbst zu kümmern", lachte Miguel.

„Wann heiratet ihr endlich?", ließ Diego die Katze aus dem Sack.

„Nur damit du dein eigenes Zimmer bekommst und abschließen kannst, stimmt's?" Miguel hatte Gott sei Dank eine Ahnung.

„Nein, damit alle ihre Ruhe haben. Mutter dreht noch durch in ihrem beschissenen Jugendzimmer."

„Ob du es glaubst oder nicht. Ich habe sie bereits – und das nicht nur einmal – gefragt. – Aber sie braucht Zeit. Vielleicht mehr, als euch lieb ist."

„Und dir ist es egal, oder was?"

„Wie meinst du das denn?"

„Du bist der Kerl, da musst du schon ein bisschen direkter werden ..."

„... und einen Ring mitbringen. – Meinst du das?"

„So ähnlich. – Verdammt, das kann doch nicht so schwer sein."

„Im Prinzip nicht. Da hast du recht. Aber eine Zukunft annehmen, die ungewiss ist, kann manchmal zu einer übergroßen und bisweilen viel zu großen Aufgabe werden. – Mein Gott, Gefühle bleiben nicht immer dieselben."

„¡Hombre! Jetzt wirst du auch noch philosophisch. Scheiße!"

„Im Übrigen könntet ihr ja Inés' Zimmer ein wenig hübscher gestalten. Ihr habt noch Ferien. Und es ist eure Mutter. Also solltet ihr eigentlich wissen, was ihr gefallen könnte. Dafür braucht man nicht einmal neue Möbel. Anders hinstellen und einen Topf schöne Farbe ist alles. – Na? Ihr habt noch Ferien. Und wenn du Luisa lieb anguckst, wird sie sogar helfen. Wetten?"

„Wahnsinns Idee. Das hält dann die nächsten zehn Jahre und ich besuch sie dann mit meinen ersten eigenen Kindern in ihrer bescheuerten Höhle. – Nee, so kann es wirklich nicht weitergehen."

„Was willst du machen, wenn sie jemand anderes kennengelernt haben sollte?"

„Mutter? Kann nicht sein!" Diego schaute ihn von einer Sekunde auf die andere blass geworden und forschend an. „Die doch nicht. Oder weißt du etwa was?"

„Nein! Ich weiß nichts. Aber auch ich muss mit einer solchen Möglichkeit rechnen."

Miguel schob das leere Tablett zur Seite und lehnte sich zurück.

„Das muss man selbst zurückbringen", meinte Diego und zeigte auf das Tablett. Miguel nickte nur und Diego

fügte hinzu: „Das grad eben hast du nicht ernst gemeint, oder?"
Sanchez Olivero zuckte mit den Schultern und schaute zu einem der Fenster hinaus und dann auf die Schlange vor der Theke. Fast alle waren Jugendliche wie Diego. Sie hatten ihr Leben noch vor sich. Und wahrscheinlich noch mehrere Lieben. In fünf, sechs Jahren konnten sie sich vielleicht nicht mal mehr an die erste erinnern. In dieser Beziehung war er ein Dinosaurier, auch wenn er nicht wusste, ob es bei denen zutraf. Inés war die zweite und an seine erste konnte er sich noch relativ gut erinnern. Nun war Elena dazugekommen. Er wusste nicht, wie lange es halten würde, aber jede Sekunde mit ihr war eine Lebenslektion geworden. Er wollte nicht darauf verzichten. Nicht in diesen Tagen.

„Und wenn es bei mir so wäre?"
Diego schaute ihn entgeistert an. Um seinen Kopf jagten mit einem Mal Millionen von Fragezeichen. Miguel setzte nach:

„Wie lange, glaubst du, wird Luisa deine Freundin bleiben?"

„Ei... Eigentlich haben wir ... also ... wollen wir, haben wir vor zu heiraten", stotterte er, „wir haben erst neulich darüber gesprochen."

„Das ehrt dich. Aber es wird noch ein paar Jährchen dauern und ich befürchte, dass es ein Plan bleiben wird. Denn normalerweise gibt es plötzlich doch mehr Wege, die man als Jugendlicher noch gehen könnte, und einer entscheidet sich dann für eine andere Richtung, weil diese verlockender ist."
Diego schien in sich zusammenzusinken und starrte Miguel an. Nein, so war das nicht gedacht. Eines der herumfliegenden Fragezeichen war auf seiner Zunge gelandet und formierte sich.

„Aber ich liebe sie doch", protestierte er zunächst.

„Heute. – Vielleicht auch noch morgen. Doch dann würde ich mich mit Vorhersagen schon zurückhalten."

„Hast du 'ne andere?" Das Fragezeichen drängelte ängstlich heraus.

Miguels Blick machte die gleiche Runde wie vorher: Fenster, Theke, Jugendliche. Ihr Lachen konnte entspannen und hatte etwas Sorgenfreies. Sie würden auch nach einer Trennung schon nach drei oder vier Tagen wieder genauso lachen. *Hast du 'ne andere?* Dieselbe Frage hatte er sich heute Morgen *danach* gestellt und eigentlich mit Ja beantwortet. Eigentlich. Nun fiel ihm eine gute Antwort ein.

„Lass mich sie doch erst mal richtig kennenlernen!"

4. September, 19 Uhr 20

Diego hatte ihn entgeistert angesehen. Bis er dann mit Tränen in den Augen stammelte *Ich glaub es nicht! Das kannst du mir nach all den Sachen, die wir erlebt haben, nicht antun. Denk auch mal an Rafael! Luisa liebt dich auch. Ich weiß – Mutter auch. Selbst Großmutter.* Irgendwann hatte Miguel den heulenden Diego in den Arm genommen und an sich gedrückt. Ja, das alles mochte sein, aber er konnte sich auch nicht verbiegen. Als er aufstand und das Tablett an den vorgesehenen Platz schob, dacht er tatsächlich an Inés. Denn er glaubte in diesem Moment alles gut nachempfinden zu können. Alles, was auf sie in den letzten Wochen eingestürzt war. Angefangen bei Diego und Rafael, den dauernden Vorhaltungen ihrer Mutter, den beruflichen Erwartungen, den Wünschen, die sie immer wieder zurückstecken musste, und dann kam auch noch er und faselte – in ihren Ohren – auch noch etwas von Hochzeit. Das

Fass war übergelaufen. Und das Ventil meldete Überdruck. Nun musste das Fass neu gefüllt werden. Neu?

Er schob das Tablett bis ganz nach hinten durch und drehte sich anschließend zu Diego um.

„Genau deshalb werde ich mich für eine gewisse Zeit ausklinken, dann werden wir sehen. Okay? Mach's gut."

Inzwischen saß er wieder an seinem Schreibtisch und starrte eher unkonzentriert auf ein paar Blätter, die ihm Ricardo hingelegt hatte. *Reforzar la coordinación entre la vigilancia epidemiológica y de laboratorio ayudará a controlar las importaciones de norovirus que lleguen desde zonas donde hay circulación del virus.* Demnach gab es bereits eine verstärkte Koordinierung zwischen epidemiologischen Untersuchungen und den Laboren, die dazu beitragen sollte, die Norovirusimporte aus Gebieten, in denen das Virus zirkuliert, zu kontrollieren.

Man wusste also schon mehr, als man bisher zugeben wollte. Warum sonst wurde in diesem Zusammenhang von Virusimporten gesprochen. Der Verdacht lag nun wirklich nah, dass irgendwo geschlampert worden war. Nur, wo hatte man, hatte er zu suchen? Der schlimmste Gedanke war, wollte man von ihm eine Liste mit Verdächtigen, stünde Elena auf den ersten Plätzen. Als müsste er sich dagegen wehren, schüttelte er widerwillig den Kopf. Elena. Er wusste, dass es nicht stimmte.

Der Fall hatte ohnehin was Skurriles, hatte er den Täter, hatte er nichts anderes, nicht mehr und nicht weniger. Der Fall als solches wäre noch lange nicht abgeschlossen, ja, nicht einmal aufgeklärt. Seine Opferzahl stiege ohne sein Zutun, aber genau das war die Definition für eine Straftat. Pelleter hatte recht. Das war nicht ihre Sache. Er klopfte auf den Tisch. Wenn er bis zum Wochenende nicht weitergekommen wäre, machte er den Deckel zu. Seine billigste Ausrede dafür war: Er hatte andere Probleme: zu wenig Zeit für Elena.

Es blieb nichts anderes übrig. Er musste Elena mit einbeziehen und sie bei nächster Gelegenheit um eine Liste mit den Namen der Leute aus dem Labor in Madrid bitten. Wenn dieses Virus wirklich von dort stammt, waren die Namen auf ihr die relevanten Verdächtigen. Dann sah er auf die Uhr. Heute war nichts mehr aufzuklären. Den Abend konnte er noch abwarten.

4. September, 20 Uhr 40

„Machst du eigentlich Sport?", fragte Ramon und sein Blick sprach Bände.

„Nein", lachte sie, „ich glaub, der liebe Gott hat es gut mit mir gemeint. – Aber ich kenne meine Problemzonen und vielleicht lernst du sie ja auch noch kennen." Er schaute sie mit einem verschmitzten Lächeln über den Rand des Glases an.

„Ich werde dich kennenlernen."

„Das hast du doch schon?!", antwortete sie verdutzt.

„Und du weißt, wie ich es meine. Wenn wir es ernst miteinander meinen, möchte ich morgen, nächste Woche, ja, auch nächstes Jahr dir noch so in die Augen gucken können. Und das spüren, was ich schon vor dem Hostal gespürt habe. – Lust und Neugier und eine möglichst lange Zeit mit dir."

Inés biss sich auf die Unterlippe und schaute zur Seite. Die Terrasse vor dem Thai war dicht gefüllt. Die Leute lachten. Es waren vor allem junge Menschen. Sie sah die fliegenden Haare der Mädchen, wenn sie sich über das Gehörte amüsierten. Sie sah Blicke, die schon die Planung für den restlichen Abend verrieten. Ein Abend, der wahrscheinlich nicht anders verlaufen sollte als ihrer. Und der nicht der einzige bleiben sollte.

Doch jetzt musste sie schlucken und sich noch mal fragen, ob ein solcher Abend sinnvoll war. *Und das spüren, was ich schon vor dem Hostal gespürt habe. – Lust und Neugier und eine möglichst lange Zeit mit dir.* Eine möglichst lange Zeit mit dir. – ¡vaya! – Dann lächelte sie und dachte an den Tag am Es Trenc. Im Wasser dort hatte sie doch an nichts anderes gedacht. Und eine möglichst lange Zeit war kein Heiratsantrag. Im Gegenteil, das ließ ihr alle Freiheiten.

„Wie lange stellst du dir möglichst lange vor?", wendete sie sich wieder lächelnd Ramon zu.

„Es könnten unter Umständen Jahre daraus werden", erwiderte er, „ich kann es dir nicht sagen. Vielleicht ist unsere Neugier schon bald erloschen. Vielleicht schon morgen früh, wenn wir uns näher kennengelernt haben."

Sein Lächeln passte nicht zu einer erloschenen Neugier und war nun zu einem fröhlichen Grinsen geworden. Und Inés spürte, wie ihr deshalb das Blut ins Gesicht schoss. Denn seine Augen wanderten mit hochgezogenen Brauen über den Tisch auf den sichtbaren Teil ihres Körpers und sie hatte das Gefühl, Ramon würde an jeder dieser Stellen den Stoff wegzaubern und sie mit seinen Händen berühren. Sie atmete tief ein und spürte das in sich explodieren, was er vor dem Hostal gespürt hatte. Lust und Neugier. Nicht nur auf ihn und seinen Körper, sondern auch auf das Leben, das nun damit anfangen könnte. Auch das nicht unbedingt mit ihm, was die Dauer, aber was die unbekannten Perspektiven anbetraf. Sie sah seine Augen und ersetzte sie in Gedanken für ein paar Augenblicke durch seine Finger. Dann meinte sie lächelnd:

„Da bin ich ja mal gespannt."

4. September, 20 Uhr 45

Gerade wollte er das Büro verlassen, als sein Telefon klingelte. Wieder schaute er auf seine Uhr. Es konnte jeder sein. Pelleter, Ricardo – Inés? Aber die angezeigte Nummer kannte er nicht. Die ersten drei Namen kamen also schon mal nicht in Betracht. Vielleicht Elena aus dem Krankenhaus. Vielleicht hatte sie heute länger zu tun. Aber dann hätte sie ihm eine Nachricht geschrieben. Das Telefon klingelte immer noch. Er schaute auf die Uhr und verdrehte die Augen. Hoffentlich kein neuer Auftrag. Dann nahm er ab.

„Ich hoffe, ich habe Sie jetzt nicht bei etwas gestört", hörte er die Stimme von Muntaner, dem Arzt. Sanchez Olivero war schlagartig beruhigt.

„Nein. Entschuldigung! Ich war gerade nur in einem anderen Raum", log Miguel. „Was verschafft mir jetzt die Ehre."

„Mir hat das keine Ruhe gelassen. Und ich habe ein bisschen rumgehört und mich schlaugemacht. Als Arzt sollte ich vielleicht wissen, wenn da eine Infektionswelle auf uns zukommen sollte. Immerhin steht das ja schon in der Zeitung."

Der Inspector lachte und meinte:

„Noch habe ich keine Angst, aber ich muss zugeben, ich kenne jemanden, der sehr darunter leidet."

„Doch Familie?"

„Ja und nein. Eine sehr gute Freundin arbeitet im *Son Llàtzer* und ist als werdende Ärztin betroffen."

„Dann ist das, was ich Ihnen jetzt sagen möchte, vielleicht schon hinfällig", hörte er Muntaners etwas enttäuschte Stimme sagen.

„Keineswegs. Sie meinte, sie sei mit der Ausbildung noch nicht fertig und hätte daher keine Ahnung."

„Nun gut. Dann erzähle ich mal, was ich wichtig fand. Sie können ja immer noch entscheiden, wie wichtig das dann für Sie sein könnte." Jetzt klang Muntaner nicht mehr so geknickt. „Also! Passen Sie auf! Sie fragten nach Manipulationen."

„Das stimmt. Angeblich handelt es sich um eine Mutation."

„Richtig. So etwas gibt es in der Welt der Viren häufig. Sie mutieren von allein, weil sie sich anpassen müssen, weil sich ihre Wirte verändern und häufig genug auch aussterben. Alle voran Grippeviren. Die verändern sich in einer Saison, wenn es sein muss, und machen so einen Gegenangriff schwer. Und um uns krank zu machen, benötigen die nur ungefähr eine halbe Stunde. Wenn ein solches Virus mutiert, gibt es zwei Prozesse: die sogenannte Gen-Drift und der Gen-Shift. Handelt es sich um den Prozess des Gen-Shift, können Epidemien entstehen, denn unser Körper und sein Immunsystem haben dagegen keine Waffe. So auch bei anderen Viren. Das Schlimme ist, diese Epidemien kommen immer häufiger und immer schneller. Man könnte glatt meinen, die Viren haben erkannt, dass sie gejagt werden. Aber daran ist leider auch der Mensch schuld. Wir bleiben nicht bei dem, was uns bislang satt gemacht hat, und probieren ständig neue Dinge aus. Dazu kommt unsere Globalisierung. Dadurch gelangen fremde Viren in unser Umfeld und können sich rasend schnell ausbreiten. Wie wollen Sie da noch die Keimzelle isolieren? Warum sag ich das. In ihrem Fall – ich habe natürlich Radio gehört und Zeitung gelesen und daraufhin meine Labore angerufen, um Präventionsmaßnahmen ergreifen zu können – ist dieses Virus wohl an verschiedenen Stellen zur selben Zeit aufgetreten. Das macht auch mich etwas nachdenklich. Sind die sogenannten Null-Patienten untereinander bekannt?

Nein, wenn's stimmt. Haben sie dasselbe gegessen? Nein, wenn's stimmt. Gibt es einen Hinweis auf ein eingeschlepptes Virus aus einem derzeit bekannten Gebiet mit einer Noro-Infektion? Nein, zum dritten."

„Klingt, als glaubten Sie an einen Anschlag?!"

„Sagen wir einmal so, ich erwäge die Möglichkeit und versuche Ihnen diese zu erklären, damit Sie etwas für Ihre Vorgehensweise haben. Ob das, was ich erzähle, in diesem Fall passt, müssen erstens Sie und die untersuchenden Ärzte feststellen, da ich dieses Virus nicht in der Analyse kenne."

„Gut! Wenn die Möglichkeit besteht, wie schleuse ich das Virus nach draußen?"

„Zuvor müssen Sie eine Veränderung provoziert haben. Ich könnte Ihnen da jetzt viel über Organellen, Kapsid- und Spikes-Proteine oder Ribosomen und den Golgi-Apparat berichten, aber das tut nichts zur Sache, entscheidend ist: Bei der Vermehrung durch Zellteilung wird nicht nur das Erbgut der Wirtszelle, sondern auch das Viruserbgut verdoppelt. So wird das Virus unbemerkt vermehrt, ohne der Wirtszelle zu schaden. Schafft das das Virus im Reagenzglas oder auf der Petrischale auch, dann bräuchten Sie nur ein kleines hochreines Glas mit einer entsprechenden Nährlösung und diesem agierenden Virus. Wenn das dann jemand – ich sage das jetzt einfach – verdünnt, füllt er es in eine Spritze und dann geschieht das, was wir in der Zeitung haben lesen können. Eine dezentral angeregte Vermehrung in menschlichen Körpern. Verstehen Sie? Alle Epidemien, die wir bisher kennen, sind nämlich fast genau immer auf einen Null-Patienten zurückzuführen gewesen. Hier vielleicht nicht."

4. September, 21 Uhr 05

Zweiter Stock. Nach hinten raus, wie Ramon sagte. Unten nur ein paar verdorrte Blumentöpfe und eine aufgesprungene Betonplatte. Eher ein großes Zimmer, das alle Aufgaben erfüllen musste. Wohnzimmer, Schlafraum und Küche. Im kleinen Flur die Tür zum wahrscheinlich genauso kleinen Bad. Alles sah aus, als sei er gerade eingezogen und noch unschlüssig, hierzubleiben. Ein paar Kartons standen an der Wand vor dem Fenster mit dem Minibalkon und dienten als Stellfläche für einen Fernseher und eine Ministereoanlage. Das Bett wirkte nicht so, als hätte er ihren Besuch erwartet. In der Spüle der Küche etwas Geschirr. Und als sie sich umdrehte, an der Wand gegenüber vom Fenster ein Poster mit einer jungen Frau, die in einem Fitnessstudio Hanteln in die Höhe stemmte. Bekleidet mit hauchdünnen Leggins und einem knappen Top. Darunter war sicher nichts. Eine Figur aus Stahl, die durch ihren Schweiß wie frisch modelliert glänzte. Lächelnd glitt sie mit ihren Fingern über das Bild:

„So sehe ich aber wirklich nicht aus."

„Ich habe es aus meinem Studio mitgebracht. Ich mag im Grunde genommen aber keine dürren und durchtrainierten Mädchen."

„Warum? Wie sah Susana aus?", fragte sie, neugierig geworden, und schämte sich sofort, ihn das gefragt zu haben. Was ging sie das an? Er zögerte. Ja, wie hatte sie ausgesehen? Mädchenhaft, jung, eher bezaubernd als schön, eher normal als sexy. Das Bild betrachtend fragte er sich, was ist sexy? So etwas? Sein Blick schien Inés daraufhin zu kontrollieren. Ja, Inés war eindeutig sexy, die auf dem Bild nicht unbedingt. Durchtrainiert. Okay. Aber Muskeln allein machten nicht sexy. Inés war es allein schon deshalb, weil sie fraulicher war als die beiden und ganz anders mit ihrem Körper umging. Weil ihr Leben mehr zu berichten hatte. Und weil sie ihn daran teilhaben ließ. Die auf dem Poster stemmte nur ihre Hantel und versuchte nett zu lächeln.

„Sie war jung. Mädchenhaft. Im Grunde zu jung."
Das musste reichen. Ramon ging an Inés vorbei, riss, ohne zu zögern, das Poster von der Wand und zerknüllte es. Dort, wo es gerade noch gehangen hatte, ein großer Fleck, der eine weitere Antwort verlangte.

„Ein Überbleibsel von damals. Ich hatte nur nichts anderes. – Weißt du, wie gut du aussiehst?"
Inés ging nicht darauf ein und betrachtete den Fleck. So etwas gab also auch woanders. So was gab es also auch in solchen Beziehungen. Sie strich mit einem Finger über den Fleck. Eine geworfene Tasse Kaffee. In seinem Zimmer. Von ihr geworfen. Dann war Schluss. Sie war zu jung. Was hatte er verlangt? Was hatte sie erwartet? Eine andere war es wohl nicht. Ein anderer erst recht nicht. Warum sollte er in seinem eigenen Zimmer um sich werfen. Manchmal ist plötzlich die Luft raus und man kann es nicht erklären. Manchmal überfällt einen die Angst. War es bei ihr mit Miguel nicht ähnlich? Einerseits die Angst, falsch zu entscheiden, weil sie es schon so häufig getan hatte und andererseits die fehlende Luft, die ihr vielleicht danach noch mehr fehlen würde, weil sie tief im Herzen wusste, sich falsch entschieden zu haben? Sie wollte nicht fragen, stattdessen fragte er:

„Und bei dir?"
Natürlich wollte er es wissen. Inés schaute betreten auf den Boden, dann auf das Bett. Sie zupfte das Laken und die Decke ein bisschen zurecht. Vielleicht war es auch schon nicht mehr nötig. Wenn er den Grund für ihren *Urlaub* erfuhr.

„Es ist – war", im selben Moment musste sie schlucken, „ein Kollege."
Mehr musste nicht gesagt werden. Nicht jetzt. Nicht heute. Nicht davor. Dafür war der Abend, die Nacht nicht vorgesehen. Hoffte sie immer noch. Neben dem Kopfende stehend nahm sie das Kopfkissen, drehte sich um und warf es Ramon gegen die Brust. Dann stand sie vor ihm und zog mit einer schnellen Bewegung ihr Shirt aus. Um ihre Shorts musste er sich kümmern.

4. September, 22 Uhr 35

Mehr als eine Stunde wartete er bereits und ertappte sich dabei, in einem immer gleich bleibenden Karree über den Parkplatz zu laufen. Von der Bushaltestelle zum Zaun in Richtung Flughafen, an den Autos vorbei zurück zu seinem Wagen, um dort auf das Display seines Handys zu schauen. Im Kopf derselbe Trubel an Gedanken wie nach dem Gespräch mit Diego. Vielleicht würde der Stau dort oben drin dann durch eine Nachricht von Inés – wie auch immer – aufgelöst werden. Somit darüber entscheiden, ob er sich in den Wagen setzen sollte, um sie abzuholen, oder ab heute – vielleicht sehr häufig – Elena von hier zu sich nach Hause zu fahren. Doch der kleine Bildschirm blieb dunkel. Auch das eine Antwort.

Elena war inzwischen vor den Eingang getreten und blieb dann stehen, schaute in den Himmel, als prüfe sie, ob sie wohl gleich einen Schirm bräuchte. Dann kam sie langsam zu ihm rüber, blieb aber an der Bank vor der Bushaltestelle stehen und setzte sich hin. Natürlich hatte sie dasselbe an wie gestern. Natürlich sah sie genauso hinreißend aus wie gestern. Natürlich konnte er nirgendwo anders hinschauen als in ihr Gesicht. Sie erwiderte seinen mit einem vollkommen müden Blick. Statt zu lächeln, begann sie zu weinen. Es dauerte keine halbe Minute, dann schüttelte es ihren Körper. Sofort ging er zu ihr rüber und setzte sich neben sie, um sie in den Arm zu nehmen. Ohne eine weitere Regung ließ sie es zu.

„Ich weiß nicht, ob du heute so etwas wie mich neben dir magst. Ich bin vollkommen fertig", schluchzte sie mit zitternder Stimme.

„Und ob! Und wenn ich dich die ganze Nacht trösten müsste."

Die Frage nach der Liste mit den Namen konnte warten. Das Gespräch mit Muntaner war ohne Belang. Es hatte ohnehin nur Elenas Vermutung bestätigt. Das Wie wusste oder ahnte sie vielleicht auch. Elena nickte stumm, als hätte sie seine Gedanken gehört, griff nach seiner Hand und ging wie ein kleines Kind neben ihm zum Auto. Ihres konnte noch bis morgen oder sonst wann stehen bleiben, solange sie es tatsächlich so hinbekamen. Wieder schaute sie in den Himmel. Gab es Sternschnuppen? Wollte sie sich etwas wünschen? Sie lächelte müde. Sie hatte Tausende Wünsche. Der erste jedoch: Bitte lass mich nicht allein. Dann setzte sie sich ins Auto.

Schlaff ließ sie sich in den Sitz fallen und Miguel musste über sie hinweggreifen, um die Tür zu schließen. Kurz hielt er inne und sah sie an. *Magst du mir erzählen, was passiert ist,* wollte er fragen. Tat es aber nicht. – Noch nicht. Auch das waren Momente, die hoffentlich morgen schon Geschichte sein würden. Dann setzte er zurück und fuhr zur MA-15, der Schnellstraße. Kaum waren sie aufgefahren, legte sie ihren Kopf an seine Schulter.

„Die Station ist voll. Mehr als dreizehn können wir vorerst nicht aufnehmen." Ihre Stimme brüchig und leise. In jedem Wort konnte er Tränen und Verzweiflung erkennen. „In jedem Zimmer darf nur einer sein. Wir laufen den ganzen Tag im Zickzack in Schutzkleidung herum, die wir dann abends wegschmeißen. – Insgesamt sind es jetzt 58. Wenn das so weitergeht, müssen wir den ganzen zweiten Stock isolieren. Und das würde bedeuten, dass dann wahrscheinlich über 200 auf der Insel diesen Scheiß haben. Rechne einfach mal hoch, wie viele das am Ende des Monats dann sein könnten. Ich hab' es vorhin getan. – Über 2000. Allein auf dieser Insel. – Aus eins machst du 2000. Innerhalb von vier Wochen. Gut, nach vierzehn Tagen sind die ersten wieder gesund. Aber wenn die Letalität stimmen würde, sind unter Umständen dann über 200 gestorben. Und lass es nur einen von uns bekommen. – Weißt du, was das für die Welt bedeuten könnte? – Scheiße! Verdammte Scheiße!"

Wieder begann sie zu weinen. Plötzlich setzte sie sich auf und sah ihn mit ihren nassen Augen an. Genauso plötzlich umarmte sie ihn. Der Tacho zeigte 90. Inzwischen waren sie auf der *Via de Cintura* angekommen. Gleich müsste er runterfahren und sie wären beide zu Hause. Zu Hause. Das klang in diesem Zusammenhang jetzt besonders gut.

„Verdammt noch mal. Ich habe dich gerade erst kennengelernt. Vielleicht bin ich auch nur total bescheuert. Ich hoffe sogar, dass wir es beide sind. Aber ich will dich nicht jetzt schon verlieren, weil ich dauernd hier im Krankenhaus zu tun habe. – Beinahe hätte ich dich angerufen und abgesagt für heute. Vielleicht hättest du dann Schluss gemacht. Aber Teresa kam plötzlich und hat's verhindert."

Miguel bremste den Wagen ab, kreuzte die Spuren und blieb auf dem Standstreifen stehen. Er schaute, ob er aussteigen konnte, ging um den Wagen herum und öffnete die Beifahrertür. Dann schnallte er die verblüffte Elena los und drehte sie auf ihrem Sitz zu sich. Anschließend nahm er ihren Kopf zwischen seine Hände, streichelte ihr Gesicht, kämmte ihr durch die Haare und diese nach hinten und gab ihr einen Kuss auf die Stirn. Ja, er war auch bescheuert. Vielleicht. Vielleicht auch nicht. Das Leben spielte manchmal seine Streiche. Da konnte behauptet werden, was man wollte. Du hast aufgepasst und alles in deinem Leben gesichert, bist immer bei Grün über die Straße gegangen, hast Vitamine gegessen, um gesund zu bleiben und Sport gemacht. Aber von einer Sekunde auf die andere schlägt ein Blitz in dein Oberstübchen ein und verändert alles. Was für eine Plattitüde. Wie im wirklichen Leben.

„Keiner von uns kennt das Ende des nächsten Tages. Aber heute gilt: Ich liebe dich, okay? Kann gut sein, dass das lange so sein wird."
Elena schaute ihn überrascht an und gleich darauf liefen die Tränen erst recht.

„Ob du es glaubst oder nicht, das hat noch niemand zu mir gesagt", schluchzte sie.
Er konnte es tatsächlich nicht glauben und sein Blick war sicher genauso verwundert wie ihrer Augenblicke vorher. Er schlüpfte mit beiden Händen unter den Saum ihres Kleides und streichelte unter dem Stoff ihre Oberschenkel.

„Was hast du erlebt, dass du so etwas sagst?"
„Nicht viel und nichts Schlimmes. Das, was ich dir erzählt habe, und in Barcelona zwei Männer. Besonders zärtlich waren sie nicht. Ich brauche keine Stierkämpfer. Schöne Frauen sind so begehrt, dass sie mitunter

auch Angst bekommen vor der Liebe und an die falschen geraten. Tölpelhaft, *¿correcto?*", lachte sie auf und zog unfein die Nase hoch, „dann passiert so was schon mal und man bleibt allein. Bis so einer kommt wie du. Wenn ich Psychologin wäre wie Fabiola, könnte ich es vielleicht erklären. Lass uns zu dir fahren – nach Hause – solange es uns nicht komisch vorkommt."
Dann strich sie mit ihren Händen über seinen Kopf und küsste ihn.

4. September, kurz vor Mitternacht

Ohne Fallschirm aus den Wolken abgesprungen und sicher in seinen Armen gelandet. Sie hatte sich ohne Wenn und Aber hingegeben. Seine Männlichkeit, Zärtlichkeit und Neugier gespürt und spüren wollen. Seinen Kopf mit seinen Lippen und seiner Zunge in ihren Schoß gepresst, nachdem er sich zuvor über eine halbe Stunde lang nur mit den Innenseiten ihrer Schenkel beschäftigt hatte und sie schon nicht mehr wusste, wie ihr geschah, und sich nicht länger beherrschen wollte. Seine Hände währenddessen überall auf ihrem Körper auf Erkundungsgang.

Erst vor einer Minute war wieder diese kleine Ruhe entstanden, bevor die riesige wohlige Welle sie wieder erfasste und sie für einen kurzen Moment verharren und dann nur noch keuchen ließ. Die stickige Hitze im Raum war zu einer herbeigesehnten Wärme geworden und sie konnte nicht genug von ihm haben. Sie drückte Ramons schweißnassen Körper auf ihren und fühlte das Wasser dazwischen in das längst feuchte Laken rinnen. Heute liebte sie ihn. Mit großer Wahrscheinlichkeit auch morgen. Weiter wollte sie nicht denken. Aber es könnte sein ... Alles würde sich weisen, zeigen und ergeben. Irgendwie. Dutzende von Jahren hatte sie gebraucht, um im Jetzt anzukommen und zu leben. Sie streichelte mit ihren Fingerspitzen Ramons genauso bebenden Rücken entlang, glitt mit ihnen in die Rille der Wirbelsäule und von dort zu seinem Po und rollte mit ihrem Becken noch ein wenig dichter an ihn heran, während sie diese kleinen Pohälften mit ihren Händen fasste und knetete und jeden Flecken seiner Haut, den sie erreichen konnte, mit Küssen übersäte, bis er einen von diesen mit einem unendlich langen erwiderte.

Es gab keinen Druck und keine Erwartungen. Keine fremden Wünsche und kein *Du solltest*. Und keine dummen Fragen. Alles war unbeschwert, unbekümmert, unfassbar zärtlich geschehen. Alles war selbstverständlich. Ohne Scham. Ohne Bedenken. Ohne schlechtes Gewissen. Selbst jetzt stellte es sich nicht ein. Und das Beste: Sein Gesicht war jetzt – danach – nicht fremd. Sondern vertraut. Sie hatte ihn sogar angesehen. Miguels Gesicht hingegen war ihr, wenn sie miteinander schliefen, unbekannt.

Ramon rollte von ihr herunter und stand auf. Sie schaute ihm lächelnd dabei zu. Monument war das Erste, was sie vor ein paar Tagen gedacht hatte. Ein so starkes und gleichzeitig zärtliches Monument. Gerade wollte er sich seine Shorts anziehen, als sie protestierte:

„Bleib so!"

„Ich finde nackte Männer unerotisch – danach."

„Woher willst du das wissen? Ich nicht!", entgegnete sie, zog die Shorts weg und küsste ihn auf den noch glänzenden Rücken. Er lachte und zuckte mit der Schulter.

„Wenn du meinst. – Kaffee?"

„Ja. – Und dich."

Ihre Augen sogen den Anblick auf. Ein Bildhauer hätte es wirklich nicht besser hinbekommen. Nur, er war Realität, aus Fleisch und Blut. Ein wärmender Körper. Sie setzte sich auf und lehnte sich an das Kopfende. Da, wo sie gelegen hatten, feuchte Flecken. Sie strich mit einer Hand darüber und empfand es als schön. Es verband sie mehr miteinander als alles andere. Bei Miguel hingegen hatte sie damit Schwierigkeiten. Ramon stand derweil nackt an der kleinen Theke und setzte die Maschine in Gang. Obwohl er nackte Männer – danach – unerotisch fand. Alles glänzte an ihm. Inés betrachtete ihn, als wäre es das letzte Mal und lächelte zufrieden. Bei Miguel hatte sie danach immer für einige Minuten die Augen geschlossen, um das Gefühl ganz alleine genießen zu können. Er war dann meistens schon im Bad. Kam er zurück, stand sie oft am Fenster und sah zur Bauruine und gönnte ihm so einen letzten Blick auf ihren Po.

„Ich könnte dir jetzt eine Geschichte erzählen, dann würdest du vielleicht verstehen, warum ich noch nie so empfunden habe, und warum es noch nie so schön war. – Denn nichts hat mich heute belastet."

Ramon kam mit den Tassen zurück und setzte sich zu ihr auf die Matratze, küsste zuerst ihre Brustspitzen, bevor er meinte:

„Dann erzähl sie mir doch. Wir haben Zeit."

Sein Blick war eine Aufforderung. So zärtlich wie neugierig. Inés zog die Lippen ein und schaute zur Seite. Sie spürte Tränen kommen. Dann trank sie einen Schluck und begann zu erzählen, das, was er bereits wusste, und das, was er noch nicht wusste: Ihre Kindheit, die noch funktioniert hatte, über den dann plötzlich fehlenden Vater, ihren Trotz gegenüber der Mutter, über Juan, der zunächst eine Rettung war, dann ihr Untergang. Über die Schläge, die Nächte, denen keine Liebe zugrunde lag, über die Prügel danach, die später auch ihre Jungs erdulden mussten, den Beruf, den sie gewählt hatte, um stärker zu werden, um sich endlich durchzusetzen, auch gegen ihre Mutter, die zwar alles tat, aber nichts davon ohne Vorwurf, Vorhaltungen und Vorschriften, dass sie irgendwann endlich die Kraft hatte, sich scheiden zu lassen und wenige Wochen danach in ihr altes Jugendzimmer ziehen musste, weil nichts anderes möglich war, als mit den Jungs in der Wohnung der Mutter zu leben, über das Leben dort, das plötzlich nicht anders war, als das, was sie als Tochter gelebt hatte. Wieder mit Vorwürfen, Vorhaltungen und Vorschriften. Und sie erzählte von Miguel, dem Kollegen, in den sie sich gleich am ersten Tag verliebt hatte und bis vor Kurzem dachte, es zu sein, und der wie ihre Mutter meinte alles übernehmen zu können, einschließlich ihrer beiden Jungs, die ihn dann auch noch gleich als Vater adoptierten. Und darüber, dass sie sich dann in einer Falle wiederfand, die sie sich selbst gestellt hatte, weil sie ihren Weg nicht geändert hatte. Von einer Flucht in die nächste. Deshalb wäre sie hier, um endlich aufzuhören mit Flüchten, um endlich herauszufinden, was ihr guttat und was nicht, und was deshalb auch ihren Jungs guttun würde. – Auch wenn es ihnen in der ersten Zeit sicher schwerfallen würde. Doch in fünf oder sechs Jahren hätten sie sicher ihr eigenes Leben. Und den Rest wüsste er ja schon. Nun könnte er sie nach Hause schicken und sagen: Ich bin nicht dein Heiler und mit deinen Jungs will ich mich deshalb nicht streiten müssen.

Sie trank den letzten Schluck aus, stellte die Tasse neben sich auf den Boden und wollte aufstehen, um ins Bad zu gehen. Doch Ramon hatte jede Regung geahnt, seine Tasse längst schon auf die Kiste neben dem Bett gestellt und sie bereits in den Arm genommen.

„Ich hab' mir auch eine Falle gestellt. – Ich habe mich in dich verliebt. Da spielen deine Jungs keine

Rolle. Ein Vater kann ich für sie nicht sein, aber ein Freund. Vielleicht sogar ein guter. Und so einer hat manchmal auch den ein oder anderen ganz brauchbaren Tipp für das Leben parat. Immerhin habe ich ein paar Jahre Vorsprung."

5. September, 5 Uhr 25

Genauso wie sie gestern Abend, keine halbe Stunde nachdem sie zu Hause angekommen waren, an seinen Körper angeschmiegt sofort eingeschlafen war, wachte sie nun von einem diffusen, aber dunklen Traum heimgesucht auf. Elena spürte Schweiß auf ihrem nackten Körper herunterrinnen und zuckte erschrocken zusammen. Doch sofort fühlte sie Miguels warme und beruhigende Haut an ihrer, und dass er, wie sie, nun auch aufgewacht war. Er wohl aus einem genauso tiefen, aber hoffentlich viel schöneren Traum als sie. Denn er wischte sich mit seiner freien Hand über das Gesicht und versuchte sich zu orientieren, während seine andere Hand unter ihrem Po lag und diesen wieder zu streicheln begann.

„Das ist wie im Himmel", murmelte Miguel verschlafen. Dann ruckte sein Kopf zu ihrer Seite. „Was ist passiert? Du hast schlecht geschlafen?", fragte er und die andere Hand streichelte ihr Gesicht. Wieder war es nass. Er rollte zurück und machte das Nachttischlämpchen an. Er brauchte eine Handvoll Sekunden, bis sich seine Augen an das Licht gewöhnt hatten. Da lag Elena schon auf dem Rücken, präsentierte so ihren selbst am frühen Morgen unglaublich verführerischen Körper, doch die Tränen in ihrem Gesicht und die Worte, die sie sagte, passten nicht zu dem, was ihm gerade durch den Kopf schoss.

„Ich sehe nur noch Kranke, Sterbende und Leichen", hörte er sie leise sagen.

„Krankenhaus ist nichts für dich. Ist gut, dass du wieder in ein Labor möchtest", schlussfolgerte er.

„Wie viel Uhr haben wir?"

„Gleich halb sechs."

„Verdammt, jetzt mach ich dir auch noch deine Nächte kaputt."

„Das ist nicht schlimm. Du solltest mal auf meiner Seite liegen und dich sehen." Er hoffte, sein Lachen würde tröstend sein.

Weinend und gleichzeitig lächelnd sah sie ihn an und strich ihm über eine Wange.

„Warum ist sie weg?", fragte sie plötzlich und Miguel wusste sofort, was sie meinte.

„Ich kann es dir nicht sagen, weil sie es mir nicht gesagt hat. Vielleicht, weil sie mit jemand anderem das Gleiche erlebt hat wie ich mit dir. Vielleicht, weil sie mit mir nicht das erlebt hat wie du. – Genauso könnte ich dich fragen, warum hast du keinen Freund."

„Ehrlich gesagt hatte ich dafür in den letzten zwei Jahren auch keine Zeit. Konnte ich wissen, dass ich dir über den Weg laufe?"

„Männliches Personal gibt es doch genug in einem Krankenhaus."

„Ärzte machen als Ausgleich für ihren Job häufig genug alkoholreiche Partys und erzählen dort bekloppte Witze. Sind häufig genug schlechte Gesprächspartner, weil sie nur interessante Krankheiten als Thema kennen und manche von ihnen sind hochgradig sexistisch."

„Niemand anderes?"

„Ich hatte dann auch keine Lust. – Bis du dahergelaufen kamst. Das war wie Speed Dating. Es gibt Dinge, die passen nach der ersten Sekunde." Ihr Lachen klang nicht besonders überzeugend. „Und aufgewacht bin ich an der Stelle, weil ich in einen Flieger nach weiß Gott wo einsteigen musste, um dort zu arbeiten. Ich gehe davon aus, dass du als Polizist nicht in den USA oder so arbeiten kannst. Oder sucht ihr Medizinerinnen?"

„Du wirst lachen, daran habe ich auch schon gedacht. Bei der *científica* arbeiten meines Wissens keine Mediziner, aber Chemiker, Biologen und auch Leute, die in Laboren tätig sind. Also ..."
Damit drehte er sich ein wenig mehr zu ihr und streichelte über ihren Bauch.

„Aber in meinem Traum war noch etwas anderes", kam plötzlich in einem ganz anderen Ton und sie hielt seine Hand fest. „Was ist, wenn Inés zurückkommt?"
Daran habe ich auch schon gedacht, seine Worte von gerade eben. Woher sie den Namen kannte, spielte keine Rolle. Sicher lag irgendwo ein Zettel mit ihrem Namen herum oder im Bad hatte sie Inés auf eine ihrer Sachen geschrieben oder in der Burg, im Kommissariat in der *Simó Ballester,* hatte Andreu Elena den Namen genannt, als sie anrief und er ihr mitteilte, dass der Inspector seine Kollegin suchte. Dass es da jemanden gab, war schon an der Hose zu erkennen gewesen. Allein, um diese und ihre Sachen abzuholen, weil sie ihren Entschluss, ohne ihn zu leben, dann doch umsetzen wollte, müsste sie vorbeikommen und würde dann vielleicht Elena begegnen. Doch auf ihre Frage, was ist, wenn sie zurückkommen wollte, wusste er keine Antwort. Inzwischen waren auch zu viele Sekunden vergangen, sich irgendeine auszudenken. Doch dann fiel ihm, wie er glaubte, eine gute ein:

„Ich würde dich gerne heute Abend wieder von der Arbeit abholen."
Elena überlegte lange und starrte an die Decke. Dann ließ sie seine Hand los und meinte:

„Dann würde ich gerne zu mir nach Hause fahren und ein paar Sachen holen."

5. September, 7 Uhr 30

Kaum war sie hinter der Glastür verschwunden, klingelte ihr Handy. Automatisch drehte sie sich um, doch Miguel war schon losgefahren. Sie kramte in ihrer Tasche, zog das Smartphone heraus und sah auf das Display. Sofort fluchte sie und ihre Augen wurden feucht. *So ein Blödsinn!*, dachte sie deshalb, *immer gleich das schlechte Gewissen.* Sie stampfte auf, schniefte und nahm in einer Nische an den großen Fensterscheiben stehend dann doch ab. Miguels Auto war leider nicht mehr da.

„Nein!" Was sollte das übliche Geplänkel? „Ich komme nicht! – Mutter, das ist sein Bier! Lass ihn doch machen. Er hat ohnehin schon genug kaputtgemacht. Du weißt genau, dass du jetzt dasselbe tun müsstest wie ich. Ich bin nämlich dabei, endlich mein eigenes Leben aufzubauen. Mein eigenes! Verstehst du? Ich habe es satt, immer seinen Wünschen hinterherzueilen – und es dann doch nicht gut genug zu machen. Ich – habe – es – satt! Wen habe ich noch? Was habe ich noch? Nächstes Jahr werde ich dreißig und er behandelt mich immer noch wie sein kleines Töchterchen. Wenn ich jemals Freundschaften hatte, sind sie daran gescheitert, dass ich dauernd zu allen habe Nein sagen müssen, wenn sie mich eingeladen haben. Wegen ihm. Wegen euch. – Weißt du, wie oft du dann noch eingeladen wirst? – Gar nicht mehr! Und was ist passiert, als ich in den USA war? Und in Paris? Immer gab es nur Beteuerungen! Mehr nicht – auch von dir. Du hast nur stumm wie ein Fisch danebengestanden. Nicht einmal hast du

mich zur Seite genommen, um mich wenigstens zu trösten. – Aber jetzt bin ich dran! Nur damit ihr es wisst. Und das nächste Mal nehme ich nicht mehr ab."
Die Stirn an die Scheibe gelehnt, hatte sie aufgehört zu sprechen. Hätte irgendjemand neben ihr gestanden, hätte er Elenas Tränen auf den Boden tropfen sehen. Sie sah einigen Autos hinterher und hoffte, Miguel würde zurückkommen. Am anderen Ende hörte sie das Atmen ihrer Mutter. Ruhig und leise. Als wenn nichts geschehen wäre, als wenn sie nichts gesagt hätte. Als wenn man den Trotz des Kindes erst einmal hinter sich lassen müsste. Jeder andere hätte geseufzt, entrüstet reagiert oder einen Anlauf genommen zu widersprechen. Doch davon war nichts zu hören. Ausgerechnet von ihr nicht.

„Statt seine Lebenserfahrung, sein wissenschaftliches Denken, verbunden mit ein wenig väterlicher Liebe mitgeteilt bekommen zu haben, gab es genau das Gegenteil. Rate mal, warum ich nicht in dem Labor geblieben bin. Dass er mich damals geschlagen hat, war noch das Geringste. – Und was hast du getan? Gesagt? Gemacht? – Nichts! Das nächste Mal nehme ich nicht mehr ab."

„Du bist unverschämt, ungerecht und undankbar!", tönte es plötzlich aus dem Hörer. Die Stimme klang kalt und distanziert. Es konnte nicht die einer Mutter sein. „Ohne ihn wärst du nie auch nur einen Schritt weitergekommen. Was wolltest du damals werden? Musikerin? Malerin? Alles brotlose Kunst! Schäme dich! – Setz dich gefälligst in einen Flie..."
Elena drückte das Gespräch weg und ließ ihr Handy fallen. Dann drehte sie sich um und rutschte die Scheibe hinunter, bis sie auf dem Boden hockte. Legte ihren Kopf auf die Knie und ein Weinkrampf schüttelte sie. Nur einen Augenblick später stand eine Frau über ihr, stellte ihre Handtasche ab und beugte sich zu ihr.

„Alles in Ordnung?", fragte sie höflich und berührte Elenas Schultern.

5. September, 8 Uhr 40

Die Meldung der Neuinfizierten war auf Seite 2 gewandert. Die Steigerung war so befremdlich, dass deren Wahrheit auf diese Weise verschwiegen wurde. Auf der Insel wäre man auf solche Nachrichten nicht vorbereitet. Als Headline reichte das kleine Boot vor Cabrera, in dem sieben Flüchtlinge saßen. Dass unter ihnen drei kleine Kinder und alle lebensbedrohlich ausgehungert waren, wurde auch verschwiegen. Sanchez Olivero schüttelte den Kopf und pfefferte die Zeitung in den Papierkorb unter seinem Tisch. Er hatte sie nicht nach der Liste gefragt. Irgendwas spukte heute Morgen in ihrem Kopf herum. Das mit dem Traum konnte nicht alles sein. Dafür war sie zu erschreckt. Er musste sich ablenken, um vielleicht dahinterzukommen. Nur wie? Er nahm den Stapel rechts von sich und suchte nach irgendeiner vielversprechen Mappe und stieß dabei auf die von Zacarias. Ja, er war nicht mehr auf dem Laufenden. Das Letzte, was er gehört hatte, war, dass er nach wie vor vernehmungsunfähig und die Falkenberg nach einer erfolgten Hausdurchsuchung in einen anderen Bau des Gefängnisses verlegt worden war.

Er zog ein paar Blätter heraus und beschloss, Ruiz Castedo nach dem Stand der Dinge zu fragen, um auf andere Gedanken zu kommen.

„Nun, da liegen ja Anklagepunkte vor, in die muss ich mich erst einmal einarbeiten. Ich war ja nur für das Objekt beratend tätig. Grundstückserwerb, Eintrag in das Kataster, dann noch die für die notariellen Hintergründe wie die Hierarchien und dergleichen. Sie werden sicher verstehen, dass ich Ihnen keine weiteren Auskünfte über diesen Fall geben werde."

„Es liegen ja Beschuldigungen durch Martínez vor."

„Ich sagte ja bereits, ich muss mich einarbeiten. Das sind natürlich auch schwerwiegende Vorwürfe. Solche Sachen waren mir bisher nicht vorstellbar."

„Trotz *Más Mallorca*?"

„*Más Mallorca* war als Spa mit persönlicher Betreuung geplant. Die hat mich im Übrigen sehr überzeugt. Schauen Sie sich die Unterlagen dazu einmal genau an. Der Vorwurf, den ich in letzter Zeit gehört habe, es handle sich hierbei um ein auf nobel gemachtes Bordell, ja, jemand betitelte das Projekt sogar despektierlich als Puff, entbehrt jeder Grundlage."

„In diesem Zusammenhang hörte ich noch weitere Vorwürfe. Sie sind ja auch in den Papieren festgehalten. Rauschgift ist ein Stichwort."

„Und Markenschwindel und was weiß ich. Alles in meinen Augen ohne Beweise. Ohne haltbare Aussagen. Ich bin wirklich gespannt. Werde mich aber genau einarbeiten. Jetzt gilt es erst einmal, dass Señor Zacarias wieder ganz gesund wird. In diesem Zustand ist er jedenfalls auf längere Sicht verhandlungsunfähig. Deshalb werde ich die sofortige Freilassung beantragen. Es herrschen ja unhaltbare Zustände auf dieser Krankenabteilung."

„Wenn es stimmt, handelt es sich um ein Virus, das in den nächsten wenigen Tagen überstanden sein wird."

„Wenn es stimmt, was ich gehört habe, handelt es sich um ein Virus, das hochgefährlich ist. Und Sie haben ihn in einem höchst bedenklichen Zustand aus der Klinik in dieses – Loch überstellen lassen. In diesem Zusammenhang werde ich mir überlegen, ob Sie nicht Ihre

Kompetenzen überschritten haben. Genauso wie bezüglich Señora von Falkenberg. Das sind ja schon fast Hirngespinste, die Sie da zusammenfantasiert haben."

„Diese Hirngespinste liegen dem Haftrichter vor und anderen entscheidenden Stellen. – Einschließlich eines Videos. Ich wünsche Ihnen einen guten Tag."

5. September, 9 Uhr 10

Um neun musste Ramon seinen Dienst beginnen und sie gab vor, auch wieder arbeiten zu gehen, aber heute Abend, spätestens morgen würde sie wiederkommen und sagen, dass sie Urlaub genommen hatte. Sie wartete, bis er losgezogen war, und machte sich auf zum *Tierramar*. Sie lief durch eine Querstraße. Denn gleich um die Ecke des Hostals hatte sie gesehen, was sie brauchte. Sie wollte ein ewiges Andenken haben. Eines, das sie an Erlebtes erinnerte, auch in Zeiten, in denen es vielleicht schwerer sein würde. Sie ging die paar Stufen hinauf und ein bärtiger Typ voller Tattoos nickte ihr bloß zu, während er einer anderen dunkelhaarigen Frau mit Piercings im Ohr und über den Augen, die bestimmt nicht jünger war als sie, gerade ein Tattoo stach. Ohne Inés anzuschauen, fragte er:

„¿Español? ¿Alemán? ¿Inglés?"

Hoffentlich machte er seine Arbeit besser als diese Begrüßung, dachte Inés und trat näher heran. Unterhalb des mit einem Handtuch bedeckten Busens der Frau entstand eine Schlange, die, als sei sie lebendig, schon aus deren schwarzem und knappem Slip herausgekrochen kam. Eine Natter, die lebendig schien, denn ein angedeuteter Schatten und ein paar kleine Blätter unter ihr ließen sie nahezu über die Haut schweben. Tatsächlich schien er also etwas von seinem Handwerk zu verstehen.

„Español. – ¿Puedes hacer eso?"

Mit Freundlichkeit kam man hier wohl nicht weiter. Als würde sie ein Kaugummi kauen, zeigte sie ihm die kleine Zeichnung eines Wolfs, die sie in einem Buch in Ramons Regal entdeckt hatte und seinem Wolf sehr ähnlich sah.

„Kein Problem, Liebchen. Wohin magst du den haben wollen? Auf den Rücken oder ..."

Nein, nicht auf den Arsch oder sonst wohin, dachte sie, rollte mit den Augen und unterbrach ihn.

„... irgendwo auf dem rechten Oberarm. Da, wo es am besten aussieht. Vielleicht dort, wo das Gelenk ist?"

„Soll es bei dem Tattoo bleiben oder willst du später mal mehr?"

Sie sah auf die Frau hinunter. An deren Armen waren auch schon ein paar Tattoos. Tiere waren ja normal. Mit Gesichtern oder Herzchen würde sie nichts anfangen können. Vielleicht später ein paar Blumen, Blätter, wie bei der Schlange, oder Ranken oder weitere Tiere. Schmetterlinge. Motive aus der Natur. Sie hatte keine Ahnung und sich darüber auch noch keine Gedanken gemacht. Tat das weh? Die Schlange verschwand mit ihrem Schwanz im Slip. Hatte er da etwa auch? Der Kopf war jedenfalls noch nicht fertig und sollte wohl unter ihren Brüsten entstehen. Oder gar auf einer Brust? Sie versuchte sich vorzustellen, wo sie dort unten endete, beziehungsweise herausgekrochen kam. Die Frau kaute ein echtes Kaugummi und zuckte bei manchem Stich nur etwas. Große Schmerzen konnten damit dann doch nicht verbunden sein.

„Vorerst soll es beim Wolf bleiben. Vielleicht noch ein paar Blätter, wie da", sie zeigte auf die Schlange, „das sieht cool aus. Vielleicht später mal mehr."

„Dann mach ich es auf die Seite von deinem Arm. Du kannst dir dann später immer noch überlegen, was vielleicht dazukommen soll. – Komm in einer halben Stunde wieder. Wenn er nicht allzu groß werden soll, werde ich um die zwei Stunden brauchen. Okay?"

5. September, 9 Uhr 20

Das morgendliche Briefing glich inzwischen einer wissenschaftlichen Vorlesung. Nicht nur Pelleter, Ricardo und Andreu waren dabei, sondern auch zwei Ärzte aus der *científica*, zwei Biologen und ein Laborarzt aus der Stadt. Die einen dozierten darüber, wie der Befund und Zustand der inzwischen über 150 Patienten waren, und die anderen, wie unter Umständen die weitere Entwicklung aussehen könnte.

Nahezu alle Erkrankten zeigten einen untypischen Krankheitsverlauf, vor allem die Älteren litten häufiger an Blutungen. Die Spur des Virus schien, laut dieser, gravierende Entzündungen im Gastrointestinaltrakt zu hinterlassen. Miguel schüttelte bei jedem Fremdwort den Kopf. Ricardo grinste ihn dann an und hob mitleidig die Schultern, während der nächste Arzt seinen Bericht ablieferte:

„Die Intensität der Noroaktivität, die hier auf Mallorca in den letzten Jahren gemessen wurde, war niedrig. Kaum ein Bürger oder Tourist klagte über Beschwerden, was dem hohen Hygienestandard auf den Balearen zugeschrieben werden kann. Allerdings wird die aktuelle Welle dieses unvorhersehbaren Virusbefalls, wenn wir die Zahlen der ersten Tage zugrunde legen, ihren Höhepunkt wohl erst in der 43. oder 44. Woche erreichen. Das wäre fast schon Anfang November und das hochgerechnet mit voraussichtlich sogar 298,43 Fällen pro 100.000 Einwohner. Das ist ein Mehrfaches von dem, was in den schlimmsten Jahren zu verzeichnen war."

„Und wir haben schon 153", gab Pelleter zu bedenken.

„Das stimmt. Aber Mitte, spätestens Ende Oktober wären das dann nach dieser Formel über 2500 – auf der Insel, wohlgemerkt. Das sind noch fünf Wochen!"
Das Lächeln dieses Doktors passte gänzlich nicht zu dieser ungeheuren Zahl. Pelleter hob daher die Augenbrauen. Langsam verstand er aber, was das im Zusammenhang mit Tourismus bedeutete. Die Saison war noch voll im Gange. Das bedeutete 2500, die nahezu acht Wochen Zeit hatten, bevor sie nach Hause flogen, andere anzustecken.

„Wie sieht die Ansteckungsrate aus?", wollte er daher wissen.

„Sie müssen aufgrund der vermuteten Inkubationszeit und den besonderen Umständen, was den Tourismus auf unserer Insel betrifft, nach der derzeitigen Sachlage von einer Rate zwischen 2 und 2,5 ausgehen. Da bedeutet, an einem Strand steckt einer mindestens zwei weitere Personen an. – Kennen Sie die Weizenkornlegende? Der weise Brahmane Sissa wünschte sich als Lohn, weil er dem Tyrannen Shihram das Schachspielen geduldig beigebracht hatte, Weizenkörner. Auf das erste Feld des Bretts sollte ein Korn, auf das zweite zwei, auf das nächste vier, dann acht und so weiter. Auf dem zehnten Feld hätten dann 512 und schon auf dem fünfzehnten Feld 16.384 gelegen. – Ein solches Brett hat

64 Felder. Gott sei Dank ist die Entwicklung einer Ausbreitung nicht so gleichbleibend, aber trotzdem erschreckt es mich, wenn wir den Sachverhalt betrachten, kein Medikament dagegen zu haben, und wenn wir uns vor Augen halten, in welcher Geschwindigkeit das gehen kann. – Das macht mir, offen gestanden, nicht nur ein wenig Sorgen. – Die Gesundheitsbehörde und Sie haben Arbeit vor sich. Ich hoffe allerdings ...", meinte Doctor Lucas Domínguez García, der in einem Labor in Palma die dazugehörigen Untersuchungen gemacht hatte und nun Pelleter, Ricardo und Miguel mit ernstem Blick ansah und sich dabei die Nase rieb und seine Brille nach oben schob, „dass dem Verrückten, wenn das stimmen sollte, was Sie berichtet haben, das Material schon, beziehungsweise schnell, ausgegangen ist. Das könnte den Verlauf etwas mildern. – Hier auf der Insel."
In dem Raum war eine gespenstische Ruhe entstanden. Die Mediziner sahen sich schulterzuckend an, die wissenschaftliche Seite des Geschehens betrachteten sie von Natur aus mit einer gewissen Neutralität. Aber die damit verbundenen Emotionen waren spürbar. Die drei Männer der CNP hatten sich nach vorne gebeugt und allesamt ihre Köpfe abgestützt. Die einen schauten sich also bestenfalls betreten, die anderen dafür fassungslos an. Sie ahnten, welche Welle auf sie zurollen könnte.

„Was hat Elena Ihnen dazu gesagt, Miguel?", wandte sich Pelleter an Sanchez Olivero.

„Da ich davon ja keine Ahnung habe, drückte sie alles etwas harmloser klingend aus. Allerdings ist sie seit dem ersten Tag fix und fertig und weint öfter, als mir lieb sein kann. Deshalb bin ich so in Sorge."
Pelleter lehnte sich wieder zurück und klopfte auf Miguels Schulter.

„Da werden eine ganze Menge Kollegen helfen müssen. Ich werde anschließend alles in die Wege leiten.

Und Sie machen sich mit Ricardo und Andreu an die Arbeit. Sie haben freie Hand. Den Rest erledige ich."
Damit stand er auf und wendete sich an die Fachleute.

„Da wird mir schwindelig. Erklären Sie den dreien, auf was noch geachtet werden muss, und ich wäre Ihnen dankbar, wenn Sie morgen um die gleiche Zeit noch mal vorbeischauen könnten. – Nur kurz. Ich weiß, was das für Arbeit bedeutet."

5. September, 11 Uhr 15

Der Typ hatte sich tatsächlich alle Mühe gegeben. Der Wolf war gut gestochen und fast so groß wie eine Hand. Auch damit er nicht so allein wirkte, hatte er einen Schatten und die Andeutung eines Astes mit Blättern hinzugefügt. Sie betrachtete alles im Spiegel. Die Haut war zwar leicht entzündet, aber bluten tat es nicht. Nur ein leichtes Brennen war zu spüren. Sie schmierte sich Vaseline darüber und wickelte wieder die Klarsichtfolie um den Arm herum. Das sollte reichen, hatte der Typ gemeint. Dann ging sie auf den Balkon hinaus und sah das Schild gegenüber. *Peluqueria*. Im gleichen Moment lief unten ein junges Mädchen vorbei. So stellte sie sich Irinnen vor. Dem Mädchen fehlten zwar die Locken, aber die Farbe gefiel Inés.

In dem Laden war nicht viel los. Vorne gab es alles, was man danach vielleicht noch brauchen könnte. Haarspangen und -bänder. Sogar Shirts. Vielleicht würde sie noch etwas Passendes finden. Das Mädchen hatte ein schlichtes graues Polo an. Das war schick. Sie kehrte in ihr Zimmer zurück und betrachtete sich im Spiegel. Nachdem sie ihren Kopf ein paar Mal hin und her gedreht hatte, war sie sich sicher und lächelte sich an. Ja, heute würde sie einem weiteren Teil in ihr *Adios* sagen. Sie wusste, Ramon würde es gefallen. Sie zog sich eine Hose und Bluse über, um sofort hinüberzugehen, bevor sie sich es anders überlegen konnte.

„Ich möchte einen rötlichen Ton haben."
Inés fuhr mit beiden Händen unter die Haare in ihrem Nacken und hob sie wie einen Fächer hoch. Die Friseurin grinste:

„Typveränderung?" Dabei schielte sie auf das frisch gestochene Tattoo unter der Folie an Inés' Arm. „Wie rötlich willst du es denn haben?"

„Nicht knallrot. Ich habe vorhin eine Irin gesehen. Zumindest sah sie so aus. In etwa so – vielleicht? Wenn du verstehst, was ich meine."
Die Frau nickte und holte eine Mappe aus einem Regal neben ihr. Es war eine Farbpalette mit einer ganzen Menge Beispielfotos. Die Frau blätterte und legte ihr die aufgeschlagenen Seiten mit Fotos rothaariger Mädchen und Frauen hin. Inés schaute keine fünf Sekunden darauf und tippte mit einem Finger auf zwei Bilder.

„Zwischen diesen beiden."

„*¡Vale!* Orangerot und helles Kupfer." Sie hob die Hände und ließ sie langsam durch Inés' Haare gleiten. „*¡Bien!* Du hast schöne Haare. Ich werde sie trotzdem ein wenig anders schneiden. Es soll doch sexy aussehen, oder? – Dann werden wir sie als Erstes waschen. Komm mit. Du hast Glück. Es ist gerade niemand da. Und in zwei Stunden wirst du dich wie neugeboren fühlen. Dein Freund wird Augen machen, sag ich dir. – Ist übrigens 'n geiles Tattoo an deinem Arm."
Inés lächelte etwas beschämt. Die Frau war die zweite, die so etwas zu ihr sagte. Scharf und geil gehörten nicht zu den üblichen Beschreibungen, wenn über sie gesprochen wurde, außer Ivan war in der Nähe.

„Und hast du etwas Schönes dazu? Ein graues Polo oder so?"

„Eine grüne Bluse und feine hellblaue Shorts würden auch passen. – Wir werden sehen."
Auf dem Weg nach hinten zupfte sie ein paar Teile von den Ständern und aus dem Regal.
„Schau dir die Sachen solange an."

5. September, 21 Uhr 45

Ihre Wohnung sah fast unbewohnt aus. Zwei nahezu leere Zimmer, ein Flur, eine kleine Küche und ein noch kleineres Bad. Der Grundschnitt ein L. Der Flur in der Mitte. Links die Zimmer. Rechts der Rest. Das Schlafzimmer bestand aus einem zerwühlten Bett. Ihre Seite zum Schlafen vorbereitet, auf der anderen Seite türmten sich chaotische Wäscheberge. An der Wand eine Kommode, ein Stuhl, der vor lauter Wäsche nicht als solcher benutzbar war, und ein Faltschrank aus Stoff. Halb geöffnet. Im Wohnzimmer auch nur vier Möbel: Zwei Stühle, ein kleiner Tisch und ein Sideboard, darauf ein Fernseher und ein paar wenige Sachen, die den Raum gemütlicher machen sollten: eine Blumenvase, zwei Stofftiere und ein gerahmtes Foto. Keine Teppiche. Keine Bilder. Keine Vorhänge. Sie sah seinen Blick.

„Wann bin ich schon mal zu Hause?" – ihre rhetorische Frage und sie zuckte deshalb mit der Schulter, strich sich die Haare nach hinten und ging ins Schlafzimmer, während er aus dem Wohnzimmerfenster nach draußen schaute. Über der Stadt eine Glocke aus reflektiertem Licht im nun dunstigen Nachthimmel. Unter ihm der Verkehr auf der *Carrer dels Foners*. Die meisten dort suchten wie er einen freien Parkplatz. Darin war Miguel erfolgreicher gewesen. Auf einem Balkon gegenüber – keine Bauruine, lächelte er – stand im Licht ihrer Wohnung eine alte Frau auf dem Balkon, stützte sich auf das Geländer und schaute zu ihm herüber. Durch die fehlenden Gardinen konnte sie ohne Mühe in das Wohnzimmer hineinschauen. Er überlegte, ob es eine wiederkehrende Abendbeschäftigung war, Elena zu beobachten und nun darauf zu warten, was passieren würde.

„Es tut mir leid, dass wir nicht hier ... ich meine ... im Moment hab' ich auch nichts zum Essen ...", rief sie aus dem Schlafzimmer. „Aber du siehst ja, besonders gemütlich ist es auch nicht."
Unvermittelt stand sie neben ihm und umarmte ihn mit einem Kuss. Er deutete nach drüben.

„Ach, die. Die alte Perea. Die schaut immer. Sie ist nicht mehr ganz bei sich." Elena wedelte mit einer Hand vor ihrem Gesicht. „Und manchmal keift sie über die ganze Straße. Und jeder schreit dann zurück. Keiner scheint sich richtig um sie zu kümmern. Im Grunde genommen tut sie mir leid. Die zwei Kinder von ihr sind inzwischen auch nicht mehr die Jüngsten."
Miguel nickte und drehte sich zu ihr um.

„Deine Familie?", fragte er und nahm das Foto von der Fensterbank, das er zuvor neben dem Fernseher entdeckt hatte.
Das war die Frage, vor der sie Angst hatte. Seit ihrem Fehler im Krankenhaus. Seit dem Anruf, der nicht hätte sein müssen, wenn sie nicht endlich mit *damals* abschließen wollte. Seit sie Miguel nun kannte und sich auch noch Hals über Kopf in ihn verknallt hatte.

„Ich hatte nie gefragt, was sie machen", stellte er fest und sie wusste, spätestens morgen würde er ohnehin alles herausbekommen und dennoch seine falschen Schlüsse daraus gezogen haben. Was war sie nur für eine Heulsuse geworden, denn wieder konnte sie ihre Tränen nicht zurückhalten. Und glaubte die einfachste Lösung dafür gefunden zu haben.

„Komm! Lass es uns doch hier machen! Bis wir bei dir sind, ist es womöglich Mitternacht ... Wer weiß, was morgen wieder für ein Tag ist?! – Ich hole uns eine Decke. – Ja?"
Ihn noch mit einem Arm haltend, nahm sie die andere Hand und nestelte an seinem Gürtel. Die alte Perea war egal. Auch ihm. Im Prinzip. Aber er hielt ihre Hand fest und drehte sie in seinen Armen zu sich um.

„Nun?", wollte er wissen und strich ihr die Haare aus dem Gesicht, zupfte ein Papiertaschentuch aus einer Hosentasche, wischte ihr die Tränen ab und versuchte dabei zu lächeln. Was aber nur wenig half. Ihre Gesichtszüge begannen zu zittern und sie kaute auf den Lippen herum. Kraftlos rutschte sie an seinen Beinen wie am Morgen an der Scheibe im Krankenhaus herunter und setzte sich unter dem Fenster an die Wand. Über und neben ihr eine Säule, die Miguel hieß. Nach ihrem ersten Satz würde er gehen und die Tür hinter sich zuwerfen. Oder sein Handy herausziehen und seine Kollegen anrufen. Weil sie nicht erklären konnte, was nicht war. Weil er es nicht glauben konnte. Man konnte es nicht glauben.

„Er ist es nicht gewesen. Aber es ist sein Labor. Das Labor, in dem ich drei Jahre tätig war", begann sie leise mit tränenerstickter Stimme. „Miguel. Ich ...", dann brach sie ab und er saß dann doch mit einem kleinen Abstand neben ihr. Die alte Perea hatte nichts mehr zu gucken.

„Seit heute Morgen hatte ich es mir gedacht", entgegnete er, „einer unserer Doktoren fragte mich nach dem Briefing. – Er hatte mitbekommen, wie Pelleter mich fragte: *Was sagt Ihre Elena dazu? Sie sitzt doch an der Quelle im* Son Llàtzer. *Sagten Sie nicht, sie sei Virologin?*"

Miguel zog die Beine an, schob seine Arme dazwischen und fing an, seine Finger zu verknoten.

„Jedenfalls meinte dieser Doktor nach unserem Briefing: *Elena? Das ist ja interessant. Ich habe eine angehende, sehr fähige Virologin, die mit Vornamen Elena geheißen hat, vor vielleicht eineinhalb Jahren in Valencia auf einem Kongress kennengelernt.* Ich schaute ihn an und tat wahrscheinlich das einzig Richtige: Ich zuckte mit den Schultern. Und er fuhr fort: *Sie wissen ja, ihr Vater ist in der Krebsforschung tätig. Interessante Arbeit.* Dann war er mit den anderen schon wieder hinausgegangen."

Die Stille, die entstand, schien Stunden zu dauern. Elena wartete darauf, *Wie hat er es gemacht?* von Miguel zu hören oder gar einen Vorwurf an sie und hätte seine Fragen nicht beantworten können. Und er suchte nach seinen Gefühlen für sie in sich und stellte fest, dass sie unverändert waren. Was hatte sie gesagt? *Speed Dating?* Es gibt Dinge, die passen nach der ersten Sekunde. Bei ihm war es vielleicht die zweite. Wieder lächelte er und wurde gleich darauf ernst. Musste er etwa nun davon ausgehen, dass alles zu einer Episode wurde?

„Er ist es nicht gewesen", flüsterte sie noch mal leise und suchte irgendeine Stelle seines Körpers, „du musst mir glauben! Bitte! – Miguel ... ich liebe dich! – Vertrau mir! Ich flehe dich an!"

Eine Hand hatte eine Falte seiner Hose gefunden und zwirbelte sie zärtlich, als sei diese seine Haut. Er zeigte keine Reaktion. Sein Blick ging starr geradeaus. Durch die Tür in den Flur, in dem nichts stand, an dem er sich hätte festhalten können, um auf andere Gedanken zu kommen.

Man müsste einen Verfahrensfehler finden. Eine Unvorsichtigkeit. Eine Art Unfall, dachte er. Etwas, was vielleicht nicht bemerkt worden war. Konnte so etwas durch eine Lüftung entweichen? Durch eine kleine Explosion? Ihm fiel eine Schulstunde in Chemie ein. Jahrzehnte her. Eine, die eher einer Szene in *Laurel y Hardy* Filmen glich. Der Lehrer kündigte ein ungefährliches Experiment an. Doch die Flüssigkeiten im Reagenzglas explodierten. Passiert war nicht viel. Der Kittel des Lehrers hatte ein paar Brandflecken. Dafür stank es tagelang in diesem Raum. Er hatte lediglich zwei Flüssigkeiten verwechselt. Wenn dieser Gestank also nun stattdessen ein Virus war?

„Wo ist das Labor?" Seine Frage klang hart. Wie die eines Ermittlers, der, wenn es sein musste, handgreiflich werden würde. Elenas Finger stoppten. Es war vorbei. Es hatte keinen Sinn. Lieber jetzt alles erzählen und alles zu Ende bringen. Lieber jetzt, als morgen früh mit einem Kater nach einer Nacht mit viel zu vielen Gefühlen neben ihm aufzuwachen. In einigen Tagen hatte sie ihre Koffer zu packen. Deren Ziel? Unbekannt. Ihre Zukunft? Verloren. Vielleicht gäbe es noch an einem unbedeutenden Krankenhaus in der Extremadura oder in Südamerika einen Platz für eine Krankenschwester. Sonst hatte sie doch nichts gelernt. Und das, was sie durch ihren Vater erlebt hatte, in all diesen Jahren, in denen sie glaubte, sie könnte ihn mit ihrem Tun besänftigen und milder stimmen, würde dann schon niemanden mehr interessieren. Das eine hatte mit dem anderen nichts zu tun und würde bestenfalls als Ausrede, Rechtfertigung oder vage Erklärung vernommen, vielleicht sogar noch protokolliert werden. Aber ihr Schicksal spielte dann keine Rolle mehr. So oder so.

„Es stimmt. Er ist in der Krebsforschung tätig. Arbeitet mit Viren. Die sind per se nicht gefährlich. Es gibt Tausende Arten. Sie sind die Waage, halten das Gleichgewicht in der Evolution der Natur. Ihr Programm ist dafür verantwortlich, dass es eine Entwicklung gibt, weil sie überleben wollen. Das ist ihr Auftrag. Überleben. Unser Körper hat Milliarden und Abermilliarden von Viren der verschiedensten Arten und Mutationen in sich. Bei 99 Prozent ihres Tuns spüren wir nicht, was sie anrichten. Spüren wir nicht, was sie für uns leisten. Wenn wir auf die Welt kommen, sind sie schon da und werden das Trainingsfeld für unser Immunsystem. Überhaupt kontrollieren sie oft genug die Bakterien in unseren Körpern. All die Jahre haben wir aber diese Bakterien besser erforscht als die Viren. Irgendwann fand man diese dann in Bakterien. Sogenannte Bakteriophagen. Das ist einhundert Jahre her. Sie sind häufiger als alles andere auf der Welt vertreten. Im Meer sind sie für den Stoffumsatz verantwortlich. Sie stellen die Nahrungsgrundlage für Ur- und Rädertierchen dar, die wiederum zum Beispiel von Krebsen gefressen werden. Sie reinigen die Gewässer und setzen Nährstoffe frei, wenn sie die Bakterien töten. – Die meisten Menschen, vielleicht sogar alle, haben Krebszellen in ihrem Körper. Doch viel seltener bricht er bei ihnen aus. Vor einigen Jahren hat man festgestellt, dass sogenannte Spontanheilungen wohl dadurch zustande kommen, dass bestimmte Viren die schnell wachsenden Krebszellen als dienliche Wirte erkannt haben und sie durch ihr Programm unschädlich machen. Dadurch überleben sie und der Mensch auch. Mein Vater kam auf die Idee, dafür Viren zu benutzen, die ihr Umfeld kennen. Um spezielle Krebsarten heilen zu können. Kein ungewöhnlicher Ansatz. In diesem Fall also ein Norovirus, das auf Darmkrebs abgerichtet wird. Er ging davon aus, dass es da einen Zusammenhang gibt. Darauf basierten die Versuchsreihen. Das klingt einfacher, als es ist. In meinen drei Jahren versuchten wir den Programmcode zu knacken, damit dies vielleicht funktionieren könnte. Mussten aber feststellen, dass diese Mutation des Virus eine höhere Letalität provozierte, als es zu einer Heilung beitragen konnte. Somit wurde diese Versuchsreihe abgebrochen und er experimentierte enttäuscht an anderen Dingen. Kurz darauf ging ich in die USA und studierte dort weiter. Meine Arbeit im Labor und mein bescheuerter Ehrgeiz ermöglichten mir Semester an der Harvard. Ein schöner Orden, für den ich mir bald nichts mehr kaufen konnte. Was hast du von einem solchen Schulterklopfen, wenn dein anderes Leben nicht so erfolgreich war?" Elena verstummte, hoffte, Miguel würde irgendetwas sagen, irgendeine Regung zeigen, doch erwartete er wohl noch einen Rest. Starr und wie aus Erz gegossen. Elena schluckte, suchte seinen Blick und fuhr fort, ohne in seine Augen schauen zu dürfen. „Ich ging damals davon aus, dass die ganzen Petrischalen und Nährflüssigkeiten, all diese Basen zur Entwicklung verbrannt worden sind. Das ist einer der üblichen Wege. – Weißt du, aber am Ende spielt es nahezu keine Rolle, wie dieses Virus entstanden ist oder woher es kommt. Früher oder später wird wieder eines auftauchen. Wir sind längst gewarnt, seit vielen Jahren, und dennoch werden wir denken, es kommt aus dem Nichts. HIV, Sars, Ebola, Cholera. Andere sind uns nicht einmal bewusst geworden. Wir haben sie nicht in unser Bewusstsein vordringen lassen. Wie zum Beispiel die Grippewelle 2018. Wusstest du, dass 100.000 allein in Spanien daran erkrankt waren? Und wahrscheinlich über 3.000 allein an dieser gestorben sind? Wir sind bezüglich solcher Zahlen längst immun geworden, aber gegen die Erreger noch lange nicht. – Was den Forschern Kopfzerbrechen macht, ist, die Folge wie sie kommen, ist viel zu schnell geworden, um auf sie noch in einer vernünftigen Zeit reagieren zu können. Deshalb wird die Menschheit irgendwann kapieren müssen, dass sie anders zu leben hat, anders mit den Dingen, die sie macht, und daher mit den Folgen umgehen muss. Der Mensch eliminiert sich sonst selbst. – Die Natur ist nun mal so, wer gejagt wird, versucht zu flüchten, versucht einen Unterschlupf zu finden, versucht zu überleben. Das ist in den kleinsten Strukturen unseres Lebens nicht anders als bei uns. Somit versucht es ein Virus auch, und wenn wir die einzige Möglichkeit dafür sind, dann werden wir auch dafür ausgesucht. – Aber ..."

Ihre Hände lagen längst auf ihren Knien. Miguel hatte sich keinen Millimeter bewegt. Ein Felsen schien beweglicher zu sein als er. Wie ein pubertierendes Mädchen, das jetzt und unbedingt, bei schauerlichstem Wetter unter einem kaum schützenden Baum endlich ihre erste Liebe erleben wollte, um den Jungen auf immer und ewig an sich zu binden, dachte sie daran, ihn mit ihrer Nacktheit zu bestechen. Doch statt den Saum ihres Kleides dafür bis zu ihrem Po hinaufgleiten zu lassen, um ihn daraufhin zu verführen, stand sie auf und stellte sich vor das Fenster. Leise unaufhörlich weinend und die Arme vor dem Körper verschränkt. Die alte Perea stand immer noch drüben und sah zu ihr rüber. Und Elena mit leerem Blick zurück. Mit einem Aber hatte sie aufgehört zu erzählen und wusste nicht, was sie hätte noch sagen können und wusste doch, es wäre noch so vieles zu sagen. Und wenn all dies gesprochen wäre, hätte sie immer noch drei Worte gehabt. Die drei Worte: Ich liebe dich. Auch wenn der Fels neben ihr längst wie Sand durch ihre Finger gerieselt wäre.

„Wo ist das Labor?" Miguels Stimme schnitt wie ein scharfes Messer durch die Luft, traf ihren Kopf und zerteilte ihren Körper bis zu ihrem Herzen. Die drei Worte klopften weiter. Ihr Herz ließ sich nicht aufhalten. Es galt nur, die Blitze zu überstehen.

„Nicht hier. Es ist auf dem Festland. Da, wo viele dieser Labore sind. In Madrid. In deiner Geburtsstadt. Dort, wo dein Vater als Leiter eines Institutes für forensische Chemie und deine Mutter im *Hospital Universitario Ramón y Cajal* in der Chirurgie tätig war. Da, wo mein Vater deinen kennengelernt hatte und sie beide häufig genug einen Disput über das hatten, was sie beiden taten. Vielleicht hatte dein Vater recht. Ich war nur einmal dabei. Manchmal ist die Welt sehr klein, aber auch nicht sehr kompliziert. – Ich kann verstehen, wenn du nun deine Kollegen anrufst und ihnen sagst, sie mögen mich abholen. Was hätte ich zu entgegnen? Wie sollte es sonst geschehen sein? Mein Vater in Madrid und ich hier. Im Zentrum der Epidemie. Ich war es sogar, die dich angerufen hat. Wie sollte das alles gelaufen sein, wenn nicht ich diejenige war, die es getan hat? Was habe ich vorzuweisen? Wie könnte ich das Gegenteil beweisen? Zumal ich dieses Virus kenne. In- und auswendig. Er ist auch unter meinen Händen entstanden."

Elena machte eine Pause, sah immer noch zu der alten Perea. Ihre Tränen waren versiegt. Sie lauschte. Das Herz klopfte. Würde es auch weiterhin tun. Sie lauschte nochmals und sie gab sich einen kurzen Moment einem kitschigen Gefühl hin: Mi-guel ta-tam Mi-guel ta-tam. Und sie schaute auf die Uhr. Gleich würde ein neuer Tag angebrochen sein. Nicht neu genug, um Altes auszulöschen. Wenigstens das wollte sie ihm noch erzählen, wenngleich sein Urteil sicher gefällt war.

„Mein Vater ist ein sehr guter Wissenschaftler. Sein Wissen ist enorm. Doch im gleichen Maße, wie er Größe in dieser Beziehung darstellt, ist er als Mensch ein Scheusal. Mir ist unerklärlich, wie meine Mutter ihn hatte heiraten können, und auch wieder nicht. Denn als

Frau ordnest du dich in einer solchen Ehe entweder unter oder fichtst ein Leben lang einen sieglosen Kampf, dich wenigstens ein bisschen behaupten zu können. Vielleicht hat sie einen solchen Kampf einmal begonnen, aber dann war sie müde geworden und hat aufgegeben. Einen Sohn hatte sie ihm auch nicht geschenkt. Nur mich. Ein Mädchen. Unfähig, irgendwann einmal sein Labor zu übernehmen, aber fähig, seine Vorstellungen von Frau zu befriedigen. Er ist das, was andere einen Sexisten nennen. Nichts anderes. Am Ende der Experimente war ich es, die Schuld an diesem Desaster hatte. War ich es, die sein Lebensziel zerstört hatte. War ich es, die, wie vorher längst geahnt, schon immer unfähig gewesen ist. – Miguel, warum sonst sollte ich in die USA gegangen sein, wenn nicht aus dem Grund, weit weg von ihm zu sein, statt neu zu forschen. – Heute Morgen, du warst leider schon so weit weg, rief meine Mutter an und fing wieder an. Ohne ihn wäre ich nie nur einen Schritt weitergekommen. Ich sollte mich schämen und mich gefälligst in einen Flieger setzen. Aber ich will nicht mehr. Und – ich bin es nicht gewesen. Ich schwöre es, wie meine Liebe zu dir. Und ich habe Angst. Angst vor dem, was jetzt noch alles passieren wird. Ich kenne die Zahlen und heule die ganze Zeit, weil niemand etwas dagegen unternehmen kann. Sag mir, was ich machen soll!"
Miguel war mit den letzten Sätzen aufgestanden und stand in der Tür des Zimmers. Bereit zu gehen. Doch hatte er sich umgedreht und sah nun Elena von hinten an. Sah ihr Gesicht in den fast dunklen Scheiben des Fensters und sah sich in ihnen. Weit von ihr entfernt. Hätte einer von ihnen beiden nun die Sekunden gezählt, wäre er sicher bis tausend gekommen. Dann endlich bewegte er sich auf sie zu und blieb keinen halben

Meter hinter ihr stehen und sah weiterhin in ihr gespiegeltes Gesicht. Bis er die Arme hob und seine Hände auf ihre Hüfte und um sie herum legte und meinte:
„Kommst du mit? – Nach Hause? – Zu uns?"

6. September, 2 Uhr 25

Auf seinem Esstisch lagen eine Packung gemischter Salat, ein kleiner Karton einer Fertigspeise und ein Becher Joghurt. Kopien der Dinge, die Ricardo, seine Leute und Miguel in dem Müllbehälter vor dem Haus eines *im Son Llàtzer* liegenden Mannes recht weit oben gefunden hatten. Bei den ersten beiden Adressen waren die Container schon geleert. Sie stopften das Gefundene in Zip-Tüten und Ricardos Leute zogen weiter, um bei den nächsten Adressen noch etwas zu finden. Miguel kaufte auf dem Weg zurück ähnliche Sachen, um sie abends Elena zu zeigen. Anschließend fuhren er und Ricardo in das Labor zurück, um zu suchen, was vielleicht nicht zu finden war. Daher hatte Ricardo um die Verpackungen herum noch mehr mitgenommen. Aber genau bei diesen drei Sachen, an die sich der Mann erinnern konnte, sie zuvor gekauft zu haben, fanden sie – vielmehr Ricardo und seine Gerätschaften – kleine Einstiche. In einem komplizierten Verfahren wurden anschließend die Verpackungen in einem anderen Labor in Palma untersucht. Der Doktor, der Elena in Valencia gesehen hatte, machte zusammen mit Ricardo hinter einer dicken Scheibe und in Raumfahrerkluft Tests, Versuchsreihen, und so wie es sich für Miguel darstellte irgendwelche Experimente. Die ganze Zeit wartete er darauf, dass es wie in dieser Schulstunde explodieren würde, aber nichts geschah. Nach knapp zwei Stunden kamen die beiden Männer heraus und lachten. Miguel glaubte an einen Volltreffer und freute sich bereits, als Ricardo lediglich meinte: *In fünf Stunden wissen wir mehr.*

Nach fünf Stunden wussten sie mehr. Der Volltreffer kam also zeitverzögert. Die Verpackungen zeigten – wenn auch geringste – Spuren einer Kontamination. *Denk dir einfach eine leere Weltkugel und du findest mitten auf dem Pazifischen Ozean den einzigen Überlebenden einer Katastrophe,* hatte Ricardo gemeint und Miguel verstand das Bild trotzdem nicht. Denn der nächste Frust kam sofort, als Ricardo hinzufügte: *Jetzt sag mir, wo er es gekauft hat, Quittungen haben wir nämlich keine gefunden. Weißt du, wie viele Supermärkte es auf dieser Insel gibt?*

Doch hatten sie es mit einem ordentlichen Mann zu tun. Die Quittungen steckten in seiner Geldbörse und diese lag im inzwischen isolierten Bereich des Krankenhauses. Dennoch ging weitere Zeit verloren. Am frühen Abend wussten sie dann endlich Bescheid und ein weiteres Dutzend an Spezialisten durchkämmte die möglichen Supermärkte. Allein diese Aktion würde auf Seite eins aller Zeitungen zu finden sein: *Spezialtrupps der Spurensicherung durchsuchen Supermärkte* und Sanchez Olivero verdrehte die Augen.

All das hätte er ihr berichten können. Erfreut und stolz. Glücklich darüber, ihre Hinweise mit einem Erfolg krönen zu können. Wenn da nicht dieser eine Satz dieses Doktors gewesen wäre und die Zeit, die bei der Suche gebraucht wurde. Ganz zu schweigen von dem Aufwand. Was er ihr berichten wollte, musste also warten, bis sie endlich irgendwann in der Nacht an diesem Tisch sitzen konnten, um diese Verpackungen anzuschauen. Und über diesen Satz und die Stunden im Labor zu reden, die vielleicht alles verändert hatten.

„Warum hast du es so schnell gewusst? So kurz nach der Einlieferung des ersten Patienten?", fragte er wieder, wie bei einem Verhör.

„Es war nicht kurz danach", erwiderte sie mit plötzlich bleich gewordenem Gesicht und einem mühsamen Lächeln. Dann schwang wieder Angst in ihrem Blick.

„Im Labor haben Ricardo und dieser Doktor heute Stunden gebraucht."

„Wir auch. Ich war neugierig und setzte einen Versuch an. – Miguel, was ist?" Sie sackte in sich zusammen, wusste sie doch, wohin das nun führen würde.

„Ich meine nur. Dieser Typ sagte, man findet nur, wenn man weiß, was man sucht. – Woher wusstest du, wonach du suchen musstest."

„Miguel, glaubst du etwa, ich hätte das getan?"
Es war dieselbe Frage, die er sich gestellt hatte. Aber egal, wie er die Antwort dazu konstruierte. Er fand keinen Sinn darin. Schon bei der ersten Frage nach dem Warum versagte jegliche mögliche Logik. Ein Minderwertigkeitskomplex? Quatsch! Warum sollte sie den haben? Rache? Wen wollte sie reinreiten? Ihren Vater? Einen Sexisten, wie sie sagte? Was hatte er ihr angetan, dass sie an so etwas dachte? Es passte nicht. Sie hätte sonst ganz andere Andeutungen gemacht. – Schon als er vor dem Krankenhaus auf sie wartete, war die einzige Möglichkeit, die ihm einfiel: Es war ein Fehler. Doch schon das war ein seltsames Konstrukt für eine Lösung. So erwiderte er:

„Nein! Das glaube ich nicht. Ich kann es mir nicht mal vorstellen. Nach allem, was ich von dir weiß, nach allem, was ich für dich empfinde und wir in diesen wenigen Tagen schon miteinander erlebt haben. – Ich hab' nur keine Ahnung. Weil das nicht ein ganz normaler Fall ist. Ich bin ein kleiner Polizist im Vergleich zu dem, was da auf uns zukommen könnte. – Und weil ..." Er

sah wieder auf Ricardos Notiz und wischte über ein Blatt. „Manchmal ist die Welt sehr klein, aber auch nicht sehr kompliziert."
Seitdem waren mehr als zwei Stunden vergangen. Gleich darauf wollte sie ihn verführen. Mit Zärtlichkeiten besänftigen. Doch worüber sie gesprochen hatten, provozierte bei ihr die alten Erinnerungen. *Nicht jetzt*, dachte sie, *nicht jetzt, erst muss ich das Gespenst verjagen.* So sahen sie zwischen sich und den Sachen auf dem Tisch hin und her, redeten über das Virus und auch wieder nicht, als warteten sie auf Superman, der auch diese Welt retten würde.

Elena redete derweil bruchstückhaft und von Weinen unterbrochen über das, was ihr Vater ihr mit vierzehn, fünfzehn und sogar später angetan hatte. Langsam schob sie eine Hand über den Tisch und umfasste seine, während er zum vierten oder fünften Mal Ricardos Notizen durchlas, um irgendeinen weiteren Anhaltspunkt zu finden, der ihn weiterbrachte.

Plötzlich dachte er an Inés, an ihre Art zu analysieren und mit einem gewissen Abstand alles zu betrachten, als Elenas Hand seine längst umschlossen hatte. Ausgerechnet in diesem Moment glaubte er Inés zu vermissen. Hätte aber das Warum nicht benennen können. Elena spürte, dass er gerade in Gedanken war, hatte seine Hand wieder losgelassen und war aufgestanden. Stand nun an der Tür zum Balkon, lehnte sich wie Inés an den Rahmen und schaute durch die Scheibe hinüber auf die von einer schummrigen Straßenlaterne angeleuchtete Bauruine. Sie drehte den Kopf.

„Was wird das da drüben mal?"
Miguel schaute auf und betrachtete sie. Suchte in dem Bild eine Ähnlichkeit mit Inés. Wie sie manchmal an einem frühen Morgen oder mitten in der Nacht nach ihrer Liebe genauso an die Tür gelehnt hinausschaute

und dabei anfing, über alles Mögliche zu sinnieren. Häufig genug war sie noch nackt. Doch spielte dies keine Rolle. Die Nacht fraß in ihren Augen alle Konturen und es war eine der wenigen Situationen, in der sie das nicht störte. Im Gegenteil, sie hatten sich gerade geliebt und dennoch zweifelte sie genau dort oft an dem, was sie gerade gemacht hatten und an dem, was er mit ihr und den Jungs vorhatte.

Je länger er nachdachte, hatten die letzten Wochen schon gezeigt, dass sie sich mit jedem Tag ein bisschen mehr von ihm entfernte. Gemeinsam Kaffee zu trinken, war selten geworden. Eine gemeinsame Nacht bei ihm, schon eine Ausnahme. Obgleich sie es war, die vor ein paar Tagen erst mit ihm ihre Lust auf ihrem Zimmer im Hotel befriedigen wollte. Doch auch das war wie ein Abschied. Wie ein Versuch, herauszufinden, ob es doch noch für mehr hätte reichen können. Danach war sie sich sicher und schickte ihn weg.

Miguel überlegte, wann das angefangen hatte mit ihren Zweifeln, dem Bremsen, für dies und das keine Lust zu haben. Mal wegen der Jungs, mal wegen der Mutter, mal wegen des Jobs, – mal wegen ihm. *Balkon oder Terrasse.* Seine Frage, die ihr auch Sicherheit signalisieren sollte, stellte sich als zu große Herausforderung heraus. In zu viele Richtungen. Wie hätten sie zusammen gelebt? Als zwei Polizisten im Dauereinsatz? Acht Stunden Mörderjagd, Dieben hinterherrennen, Anzeigen nachgehen? Und dann mit dem aktuellen Fall nach Hause, in den Supermarkt zum Einkaufen, beim Abendessen? Mit Diego und Rafael darüber rätseln, wie man ihn lösen könnte? Daneben das alltägliche Leben und die Jungs davor bewahren, sich von den neuen Zeiten nicht zu sehr verführen zu lassen. Und die Wohnung in Karaoke-Manier eingerichtet: Entweder die Musik ist gut und der Sänger schlecht oder umgekehrt.

Alles gut gewollt und schlecht gekonnt? Stars wurden so nicht geboren. Das passte auch in ihren Augen wohl nicht zusammen. Sie kannte niemanden, der eine ähnliche Beziehung führte, auch er nicht. Dies machte ihr Angst. Das war der Käfig, in dem sie glaubte, dann gefangen zu sein. Das alles wäre zu reparieren gewesen, aber das alles hatte er ohne ihr Zutun, schon viel zu sehr in seinem Kopf, alles schon zu sehr geplant. Einbezogen fühlte sie sich nicht. Irgendetwas von ihrem Leben stand immer nur daneben. Sie war ausgeschlossen.

Miguel nickte vor sich hin. Diese Variante fiel ihm ein. Das konnte als Erklärung gelten. War sie schnöde? Billig? Herausgeredet? Vielleicht hatte er sich verändert. Vielleicht war er auch immer schon so. Vielleicht war er deshalb empfänglich für anderes und andere. Die Frage würde er Inés vermutlich nicht mehr stellen. Jetzt, wo er Elena kannte.

Seit gestern war mit einem Mal alles anders. Von einer Sekunde auf die andere fühlte er sich mit und bei Elena wohl, mit ihr noch mal einen Neuanfang zu wagen, erzeugte nicht den kleinsten Zweifel. Auch wenn dieser aus heiterem Himmel gefallen war. Und die Zukunft? Seltsamerweise hatte er jetzt keine Vorstellung davon. Er lächelte. Ihre Wohnungen waren jetzt schon Karaoke. Aber das konnten sie reparieren. Er musste jetzt nur noch Abschied nehmen. Er sah Elena lächelnd an und war ihr noch eine Antwort schuldig.

„Das wird nichts mehr. Eine Fehlplanung. Eigentlich sollte es ein Wohnhaus werden."
Elena nickte und drehte sich ganz um. Miguel seufzte. Ihr Anblick war auch nach diesem Satz, diesem gestrigen Abend pure Verführung.

„Und was machen wir jetzt", fragte sie.
„Ich kann es dir nicht sagen." Er sah auf die Blätter.
„Ich meine wir zwei. Was machen wir zwei?"

„Du hast doch deine Sachen geholt. Jetzt bist du erst mal hier – bei mir", lächelte er sie wieder an.

„Ja. Ich weiß. – Ich meine ... Ich habe es dir die ganze Zeit schon erzählen wollen. Aber ... Ich habe morgen frei. Allerdings brauchen sie mich am Wochenende, wieder bis in den späten Abend und in der nächsten Woche habe ich Spät- und Nachtschicht, dann sehen wir uns so gut wie gar nicht mehr."

Sich vom Fenster lösend kam sie auf ihn zu, raffte ihr Kleid zusammen und schob es bis unter ihre Brüste. Darunter nur noch der kleine Slip. Dann hob sie ihr linkes Bein und setzte sich auf seinen Schoß. Mit ihrem Rücken schob sie dabei den Tisch nach hinten. Wenige Handgriffe später hatte sie sein Hemd geöffnet und er sah zur Seite, zu dieser widerlichen Bauruine. Jacintos Spielwiese für Videos. Da war seine Hand schon unter ihrem Slip auf dem Po gelandet und ihre Hand am Reißverschluss seiner Hose. Als diese offen war, hielt sie inne, hob ihre Hände und umfasste seinen Kopf. Sie biss auf ihre Unterlippe und sah ihn forschend an. Ihre Augen immer noch verquollen vom vielen Weinen gestern Abend und vorhin, dachte er. Nur weil er den Polizisten spielen musste. Gerade wollte er sie hochheben und ins Schlafzimmer tragen, Jacintos Nachfolger sollten keine Chance haben, als sie schluchzte:

„Ich liebe dich! – Vertrau mir! Ich flehe dich an!"

„Du musst nicht flehen", gab er zurück und schaute noch mal zum Fenster. Inés stand nicht mehr da.

6. September, 22 Uhr 05

Am Morgen war sie früh aufgewacht. Seine Wärme so nah an ihrem Körper zu spüren, hatte ihr, nach dem verwirrenden Abend, einen ruhigen und tiefen Schlaf beschert. Ihr Kopf ließ kaum eine Erinnerung zu, in den letzten Monaten so empfunden zu haben. Sie blinzelte zu ihm hinüber, tastete nach ihm und traf seinen Bauch. Alles war gut. Alles war in Ordnung. Sie schob wieder seine Hose hinunter und sich auf seinen Körper. Wenige Augenblicke, nachdem sie tief in ihrem Inneren mit einem nie da gewesenen Glücksgefühl seine Wärme sich ausbreiten fühlte, klingelte ihr Handy, und man teilte ihr mit, dass aus ihrem freien Tag leider nichts werden würde. Gleich zwei Kolleginnen seien nun auch erkrankt und man wüsste nicht, wie es weitergehen würde. Fluchend und doch wieder weinend hüpfte sie nackt und wütend durch seine Wohnung, bevor sie ihm das Versprechen abgerungen hatte, sie am Abend wieder abzuholen.

So war es wieder spät geworden. Die Nachrichten im Radio und die Headlines der Zeitungen erklärten ein Übriges. Wie die Gesichter der Leute, die das Krankenhaus verließen. Allesamt keine Besucher mehr, sondern Krankenschwestern, Pfleger und Ärzte. Ihnen allen hatte der nun vergangene Tag den Feierabend verdorben. Stattdessen eine zuvor kaum bekannte Anspannung, Müdigkeit und Traurigkeit in ihren Gesichtern. Das übliche Gespräch am Ausgang als Abschluss des Tages entfiel. Die manchmal zusammen geraucht Zigarette gab es nicht. Man lebte plötzlich, ohne es zu merken, gesund. Der ansonsten oftmals fröhliche, aber auf jeden Fall anders strukturierte Alltag erlebte seit ein paar Tagen eine nie da gewesene Rezession.

Miguel stand tief in Gedanken am Zaun und beobachtete die Flieger, die kamen und gingen. Die ersten Touristen hatten vorzeitig ihre Heimreise angetreten, wenn es stimmte, was er gehört hatte. Übermorgen wollte der Inselrat zusammenkommen und über Konsequenzen beraten und seine Anordnungen bekannt geben, die wahrscheinlich heute im Verlauf des Tages schon beschlossen worden waren. Aus den Notizen des hauseigenen Tickers in der *Simó Ballester* konnten sie die beschriebenen Überlegungen entsprechend interpretieren. Überlegungen, die für eine solche Insel bislang undenkbar waren. Aber die Geschwindigkeit der Erkrankungen hatte selbst in Miguels Augen apokalyptische Ausmaße angenommen. Vor einer Viertelstunde waren es fast 300. Morgen würden es dann nahezu 400 sein. Übermorgen weit mehr als 500. Gott sei Dank war die Zahl der Todesfälle noch nicht in dem Bereich, den Elena genannt hatte. Aber auch die Zahl 8 ließ schlimmste Entwicklungen vermuten. Und auf dem Festland tauchten bereits die ersten Krankheitsfälle auf.

Genau in dem Moment, als sie aus der Tür trat, war er schon auf dem Weg zum Wagen. Ihr Gesicht genauso abgespannt, müde wie die Gesichter zuvor und ihres von einem fast ängstlichen Blick gezeichnet. Mit einem Mal schien sie um Jahre gealtert. Als er sie mit einem Kuss begrüßte, meinte sie:

„Bin ich froh, dich zu sehen. Was sollte ich hier, wenn es dich nicht gäbe. Ich würde jetzt gerne weiß Gott was mit dir unternehmen. Trotzdem möchte ich jetzt nur noch schlafen."

Mit einer Mischung aus einem matten Lächeln und beginnenden Weinen ging sie an ihm vorbei und setzte sich ins Auto. Schob wie manchen Abend zuvor den Sitz zurück und klappte ihn nach hinten. Ihre Tasche und Jacke hatte sie schon auf den Rücksitz geworfen. Dann zog sie ihre Sneaker aus, legte die Füße auf das Armaturenbrett, ließ sich nach hinten sinken und die Arme zwischen die Beine fallen, sodass ihr grünes Sommerkleid mit dicken Mohnblumen als Muster bis zu ihrem Po rutschte. Zwischen den Armen blitzte ein orangefarbener Slip durch. Miguel lief langsam um den Wagen herum, beobachtete sie mit einem Lächeln durch die Scheiben und als er neben ihr saß und den Motor anwarf, war sie bereits mit einem leisen und drolligen Röcheln eingeschlafen.

Statt am Verteiler nach rechts abzubiegen und nach Hause zu fahren, fuhr er die MA-15 Richtung Manacor. Eine gute halbe Stunde später stellte er den Wagen auf dem kleinen Parkplatz unterhalb des *Santuari de Bonany* ab, stieg aus und setzte sich auf das Mäuerchen. Einige Kilometer, etwas rechts vor ihm, hinter den Olivenbaum-Plantagen voller alter und knorriger Bäume und dort immer noch grasenden Schafen, die Lichter von Manacor. Und wiederum etwas rechts auf dem Rücken der Serres del Llevante das beleuchtete Kloster *Sant Salvador* mit dem riesigen Kreuz, das nun wie eine Mahnung zu wirken schien. Darunter führten die Straßen wie ein grobes Spinnennetz auf die Stadt zu. Erleuchtet von den Scheinwerfern der Autos. Zweimal zuckte Blaulicht zwischen diesen auf. Sofort dachte er an die nächsten Fälle.

Nach zehn Minuten parkte ein weiteres Fahrzeug am anderen Ende des Parkplatzes. Junge Leute. Zwei Pärchen. Die Mädchen in denkbar knapper Kleidung und angeheitert. Die Jungs glotzten und grinsten frech zu ihm herüber. Alle vier mit einer Bierdose bewaffnet. Eines der Mädchen setzte sich auf die Motorhaube. Ihre Beine provokativ auseinander und ihr Freund hielt sich mit tatschenden Fingern an einem Oberschenkel von ihr fest. Seine leere Bierdose warf er ins Gebüsch. Dass sie von den Heiligen gleich zweier Klöster beobachtet werden könnten, störte sie nicht. Auch Miguel hatte keine Lust, etwas zu sagen. Aus dem Auto plärrte Sekunden drauf laute Musik und Miguel musste an Vicenç denken. Er drehte sich um, sah Elena immer noch schlafen und stand auf, um die Fahrertür leise zu schließen. Sie wachte nicht auf. Einen Augenblick blieb er auf ihrer Seite neben dem Wagen stehen und betrachtete sie. Es war alles gut. Es war alles in Ordnung, dachte er und schmunzelte über den immer noch sichtbaren orangefarbenen Slip. Als er sich wieder auf das Mäuerchen setzte, zog er sein Handy heraus und rief Andreu an.

„Angenommen, wir wüssten bestimmte Namen und Adressen, könntest du herauszufinden, ob, wann und wohin diejenigen – sagen wir in den letzten sieben Tagen – verreist sind. – Startflughafen Madrid. – Ich nehme mir seit Tagen vor, dir eine solche Liste zu geben, und vergesse es dauernd."

Es war eindeutig. Andreu war mit anderem beschäftigt. Denn er brauchte einige lange Sekunden, sich zu sammeln, bevor er antwortete:

„Gib sie mir morgens und ich sag es dir am Nachmittag. Okay?"

„Okay! – Ich danke dir!", entgegnete Miguel und fügte leise lachend hinzu: „Viel Erfolg!"

Die Musik war wohl doch zu laut gewesen und wenn es nicht die Musik war, dann das Gegröle der Kerle, die meinten, sie müssten mit ihren Mädchen blöde Filmszenen nachspielen. Elena rekelte sich auf ihrem Sitz, lächelte ihn schläfrig durch die Scheibe an und winkte. Wie er sich neben sie setzte, kippte sie auf seine Seite und umarmte ihn. Ihr Kleid entblößte dabei ihren Oberschenkel und Slip.

„Hast du Lust?", fragte sie noch schlaftrunken.

„Wenn die nicht wären, sogar hier", gab er ganz ehrlich zurück und streichelte die nackte Haut, bevor er das Kleid darüber schob.

„Weißt du noch so einen schönen Ort?", fragte sie und hielt seine Hand fest.

Miguel schaute sie überrascht an und überlegte. Nichts, was in der Nähe wäre.

„Das wird schwierig werden", meinte er, „ich denke, wir werden nach Hause fahren müssen."

„Nach Hause. – Das klingt auch schön", lächelte sie glücklich.

Dann gab sie ihm einen Kuss und die vier Jugendlichen klatschten. Fehlte nur noch, dass sie sich in ihre Karre setzen und hupen würden. Kaum hatte er die Straße zur MA-15 wieder erreicht, war Elena schon wieder eingeschlafen.

6. September, 23 Uhr 35

Am Morgen hatte sein Blick Bände gesprochen. Seine Hände auch. Immer wieder kämmten seine Finger durch ihr Haar und glitten über das Tattoo. Seine Eltern hatten Eheringe, fiel ihm ein. Man konnte sie abstreifen, weglegen. Waren sie aus Gold, konnte man sie im Falle eines Falles zu Geld machen. Und jetzt hatte Inés sich sein Tattoo auf ihren Arm stechen lassen. Nahezu schon gefühlsselig schüttelte er den Kopf.

„Wegen mir", stellte er fest, „das gibt's doch gar nicht."

„Wegen dir und die möglichst lange Zeit mit dir, die ich damit, wann auch immer, verbinden möchte. Und unsere *Lust und Neugier*. Deine Worte. Jedenfalls möchte ich, auch wenn diese möglichst lange Zeit einmal vorbei sein sollte, an dich erinnert werden. – Du gehörst zu meinem Leben. Du warst und bist die erste Tür dazu. Ich schlage sie erst zu, wenn wir beide hindurch sind. – Klingt das kitschig genug?"

Lächelnd und abwartend schaute sie Ramon an. Kitschig. Das passte. Fast wie ein Heiratsantrag hatte es geklungen. Ausgerechnet von ihr. Dabei hatte sie doch schon vor nicht einmal einer Woche einen solchen erhalten. Von Miguel. Im Eingang der Burg. Mit dem zukünftigen Rentner Ràfols als Zeugen. Sie schloss die Augen und lauschte nach innen. Schon da hatte es nicht mehr gepasst. Der Ton zwischen ihnen hatte sich zu sehr verändert.

„Es kann so nicht weitergehen!" Wieder hatte sie versucht, es Miguel zu erklären. „Das geht mir alles zu schnell. Du planst einen Balkon ..."

„... und gleichzeitig bumse ich dich noch in deinem Jugendzimmer. – Du hattest es bereits gesagt!"

„Ist doch wahr!", hatte sie ihn angeraunzt und seinen Arm weggeschoben, den er ihr um die Schulter legen wollte. „Ich weiß gar nicht mehr, wer ich bin."

„Vielleicht bald meine Frau?"

„Miguel!"

Er wollte es nicht verstehen, machte ständig einen Witz daraus, hat keine Ahnung, was, wenn überhaupt, alles vorher zu erledigen wäre. – Aber wenn sie ehrlich war, hatte sie auch keine Lust.

„Warum nicht?"

„Und dann? – Mann und Frau lösen gemeinsam Mordfälle, oder was? Hast du so was schon mal gehört? Schon allein deshalb muss ich weg!"

Minutenlang ging es hin und her und ihr Entschluss erhärtete sich nur. Nun machte sie die Augen wieder auf und sah in Ramons Gesicht. Sofort wusste sie, sie hatte alles richtig gemacht. Fünf Minuten später half sie ihm die Sachen zu verstauen. Zehn Minuten später schlossen sie den Verschlag ab und Inés nahm doch den ersten Teil der Zeitung mit und er seine Tasche. Nur eine Viertelstunde darauf schloss er die Tür zu seinem Zimmer hinter ihr zu und nahm sie in den Arm und betrachtete immer wieder sie und ihren Wolf und ihr strahlendes Gesicht. Auch er hatte wohl alles richtig gemacht.

„Wenn du wüsstest, wie schön du bist."

Sie musste nur in sein Gesicht schauen, um eine leise Ahnung davon zu bekommen. Lächelnd ging sie an ihm vorbei und zog ihr Shirt und die Shorts aus, dann drehte sie sich um und gab ihm einen Kuss. Was folgte, hätte sie am liebsten auf ewig gefühlt.

Nachdem sie noch eine Stunde liegen geblieben waren, schauten sie nebeneinanderliegend in die Zeitung.

Inés faltete sie nach einiger Zeit zusammen und schaute Ramon an. Der aber verzog nur das Gesicht und zuckte mit der Schulter. Sie nickte, rollte sich zur Seite und nahm ihr Handy. „Ich hab' keine Lust mehr auf Heimlichkeiten", meinte sie und rief zu Hause an. Sicher, von ihrer Mutter nur Vorhaltungen zu hören. Auf das, was in der Zeitung stand, angesprochen, zeterte sie los und meinte, dass ihre zwei Jungs die Schlafenszeiten wohl nicht kennen würden.

„Und? Was haben sie stattdessen angestellt?", wollte Inés wissen, ahnte, dass nichts passiert war, und grinste Ramon an.

„Das reicht doch wohl, oder?"

„Und das mit dem Virus?", hakte sie noch mal nach, um zu erfahren, was an den Berichten stimmte.

„Dummes Geschrei der Presse. Hier ist nirgendwo ein Leichenwagen. Nicht mal ein Krankenwagen."

Inés lachte beruhigt, ließ sich erst Rafael und dann Diego geben, der sofort mit dem Telefon in sein Zimmer verschwand und in seinem üblichen Beschwerdeton über Großmutter herzog.

„Und die Wäsche haben wir auch gewaschen und aufgehängt. Was soll das dämliche Geschimpfe? Den ganzen Abend war sie oben beim Kartenspielen. – Wann kommst du endlich wieder?"

„Am Montag muss ich wieder arbeiten. Ich denke, im Laufe des Sonntags."

„Was machst du eigentlich ohne uns?" Ein *Verdammt noch mal* schluckte er runter.

„Mich erholen. Und das ganz gut", erwiderte sie, schaute Ramon an, der aufgestanden war und nackt vor ihr stand. Sie lächelte hoch und sah eine Hand wieder zu sich hinunterschweben, bis sie ihre linke Brust liebkoste. Daher ergänzte sie:

„Und mich neu finden."

„Das heißt?"

„Das erzähle ich euch am Sonntag."

Sie warf noch einen Kuss durch die Leitung und legte auf.

„Es ist alles in Ordnung zu Hause. Da geht es ganz normal zu. Der alltägliche Wahnsinn. Mutter verteilt ihr Anweisungen", lachte sie ihn an. „Am Strand waren sie heute doch auch noch alle da. Die Familien, die weg sind, haben gestern schon gesagt, dass ihr Urlaub zu Ende ist."

Daraufhin ließ Inés sich langsam nach hinten sinken, streckte ihren Po in die Höhe und Ramon zog nun auch ihren Slip aus.

„Der Vater eines Bekannten, der am *Balneario 11* seinen Dienst macht, ist gestern Abend ins Krankenhaus gekommen, aber es geht ihm auch schon wieder besser. Es gibt nur komische Gerüchte. – Gut, dass du jetzt hier bist und nicht mehr ins Hotel zurückmusst. Jetzt, wo ich die nächsten zwei Tage frei habe."

Damit legte er sich wieder neben sie und glitt vorher mit seinen Fingern über das Tattoo. Inés rekelte sich genüsslich unter seinem Körper und meinte:

„Wenn die Welt untergehen würde, hätte sich mein Chef auch schon längst gemeldet."

Da waren seine Lippen schon wieder auf dem Weg zu ihren Spitzen.

„Und selbst wenn", hauchte sie, „könnte ich sie auch nicht retten. Bislang sind sie ganz gut ohne mich ausgekommen."

Ramon nickte nur. Ihr Duft und ihre Haut waren ein unwiderstehlicher Magnet. Er käme auf jeden Fall nicht ohne sie aus. Inés zog die Luft scharf ein, als seine Zunge an ihrem Lieblingsplatz angekommen war.

7. September, 6 Uhr 55

Sie hatten beide etwas verschlafen. Nun stand Miguel an der Küchenzeile und füllte den kleinen Espressokocher, während Elena im Bad stand und sich fertig machte. Kurzfristig hatte sie nun doch eine Wechselschicht zu machen. Diese um halb acht zu beginnen, war allerdings utopisch. Miguel durchsuchte derweil seine Schränke und fand eine Packung mit *Palmeras*. Das Mindesthaltbarkeitsdatum war erst seit einem Monat überschritten. Er registrierte es zufrieden. Sie waren also auch zu alt, um von diesem Verrückten manipuliert worden zu sein. Er legte neben Elenas Tasse drei Stück und aß derweil selbst einen.

Nur mit einem Slip bekleidet kam sie aus dem Bad und huschte ins Schlafzimmer. Miguel folgte ihr mit dem Teller und ließ seine Augen über ihren fast nackten Körper gleiten.

„Der Kaffee kommt gleich", sagte er und seufzte, als er sie so sah.

„Holst du mich wieder ab?", fragte sie, schloss den BH auf ihrem Rücken und streifte sich das nächste Sommerkleid über. Dieses Mal lang, mit kurzen Ärmeln und blutrot mit weißen großen Blumen und unnatürlich blauen Blättern. Vorne war es durchgeknöpft. Noch kauend ging er auf sie zu und nahm einen der Knöpfe über ihren Brüsten zwischen zwei Finger. Lachend hielt sie seine Hand fest:

„Ich weiß. – Ich auch. – Wir werden es verschieben müssen."

„Aber nur verschieben", antwortete er vielsagend lächelnd, küsste sie auf die Nasenspitze und fügte mit ernsterem Gesicht seine seit Tagen geplante Frage hinzu:

„Kannst du dich noch an die Namen damals erinnern? Ich meine an die in eurem Labor?"
Verdutzt schaute sie ihn an.

„Ja. – Ich denke schon. Die meisten bekomme ich sicher noch zusammen."
Elena setzte sich auf das Bett, suchte sich passende Schuhe aus dem Sammelsurium an der Wand heraus und begann die ersten zu nennen.

„Warte! Ich schreibe sie mir alle auf. Kamen die alle aus Madrid?"

„Nein! Der eine oder andere war nur für dieses Projekt da. Fernando Ramirez kam zum Beispiel aus Segovia und war Mikrobiologe, also zuständig für die Erforschung der Mikroorganismen und deren Stoffwechsel. Lucía Lopez kam aus Alicante. Biochemikerin. Sie kann dir die chemischen Prozesse in einer Zelle während einer Krankheit erklären. Eine unglaubliche Frau. Sehr attraktiv." Elena stand auf, hängte sich eine dünne Jacke über die Schultern und gab ihm einen Kuss. „Leider vielleicht ein wenig zu alt für dich. Sie war schon Mitte fünfzig, aber vielleicht hätte das auch nicht gestört. Du hättest sie sogar haben können, sie war unverheiratet." Elena lachte und ging an ihm vorbei.

„¡Arriba! Ich muss los! Du fährst mich doch, oder?"

Miguel nickte und notierte. Schlüpfte in seine Schuhe und schnappte sich die Schlüssel. Dann hörte er den Espressokocher brodeln. Schade, nichts war's mit einem Horoskop. Aber das erste Sprudeln klang vielversprechend. Er machte die Platte aus und zog den Kocher herunter. Dann fiel hinter ihnen die Tür ins Schloss.

„Und dann gab es noch diesen Romeo Vasquez, ich glaube aus einem Vorort von Madrid." Sie eilte mit klackernden Schritten die Treppe hinunter. Ihre High Heels hatten nun sicher das ganze Haus wach gehämmert. „Soweit ich weiß, kam der aus Leganés. Biologe. Hat sich auf Bioinformatik spezialisiert. Er ahmte mit seinen Computern mögliche Verläufe von Infektionen nach. Hielt sich für extrem wichtig. Der dachte auch, er sei ein Weiberheld. Ich musste ihm mal eine schmieren – diesem Lüstling. Pass also auf!"
Elena hob einen Finger und drohte ihm lachend.

„Aber warum willst du das wissen?"

„Vielleicht war es einer von denen? Wenn es ein Virus ist, das du kennst, liegt der Verdacht nahe, dass es aus eurem Labor kommt, oder?"
Unten angekommen pustete Elena und schaute mit hochgezogenen Augenbrauen in den Himmel, bevor sie sich in Miguels Twingo setzte. Kurz überlegte sie, sich die Schuhe wieder auszuziehen. Dann klappte sie die Sonnenblende herunter und betrachtete ihr ebenmäßiges Gesicht. Ganz ungalant kramte sie aus ihrer Handtasche einen knallroten Lippenstift und trug ihn mit drei, vier Schwüngen auf.

„Und?", fragte sie und schaute Miguel an.

„Ich dreh gleich wieder um", meinte er und lachte.

„Warum? Nicht gut?"

„Verdammt gut!", beantwortete er ihre Frage und legte eine Hand auf ihr linkes Bein, um das Kleid hochzuschieben und ihren Oberschenkel zu streicheln.

„Nana, Señor Inspector! Nicht im Dienst! Ich bitte Sie!" Sie tat etepetete, klatschte mit den Fingern auf seine Hand und lehnte sich affektiert zurück. Nach einer weiteren Sekunde fuhr sie fort:

„Das wär' noch was! Wirklich!", meinte sie, „einer von denen. Dann aber am besten dieses Arschloch. Romeo Vasquez. Für Lucía lege ich meine Hände ins Feuer."

Es folgten noch weitere fünf Namen, die sie alle auf seinem Zettel dazuschreiben musste. Santiago Gutierrez, Leon Torres ...

„Das wäre einer für mich gewesen, sage ich dir, aber der war schon vergeben. Junger Kerl. Kam frisch von der Uni. Hochmotiviert und wahnsinnig gut aussehend. Mich wunderte seine Freundin. Das war so 'ne *ama de casa,* ein Heimchen am Herd. Sah längst nicht so gut aus wie er."

„*¡Bueno!* Deswegen bin ich dir sicher nicht aufgefallen."

„Hast du 'ne Ahnung. *You are very reserved and pleasing,* wie man in Amerika sagt und – verdammt attraktiv. Ich sage ja, da muss etwas anderes passiert sein zwischen dir und Inés. Bis jetzt habe ich das nur noch nicht herausbekommen. Aber vielleicht lerne ich deine üblen Seiten ja noch kennen."

„Bis jetzt war ich immer davon überzeugt, keine zu haben. Aber vielleicht hat es auch von Anfang an nicht gepasst und ich habe mir alles eingebildet und bin ihr zu dicht auf die Pelle gerückt, wie sie gemeint hat."

„Aber ihr habt doch sicher miteinander geschlafen?" Miguel hüstelte und räusperte sich. Was für ein Thema am frühen Morgen! Ja, natürlich haben wir das, dachte er und behielt es für sich. Oder war das *Natürlich* schon etwas, was Inés gezwungen vorkam? So wie mit Elena war es jedenfalls nie gewesen. Aber er hatte auch nie etwas vermisst. Seine Erfahrungen waren in dieser Hinsicht beschränkt. Am Ende befriedigt zu sein, schien für sie beide genug. Mit Elena war das anders. Sie ließ ihn an ihrer Lust und ihren Gefühlen teilhaben. Sie ließ ihn zu. Er würde es ihr beim nächsten Mal sagen wollen.

„Ja. – Haben wir. – Aber ..." Den Rest ließ er vom Fahrtwind verwehen.

„Und?"

Er atmete tief durch. Also doch jetzt schon:

„Du lässt mich zu."

Entgegen dem, was er nun vermutet hätte, beugte sie sich zu ihm herüber und küsste ihn – nichts anderes als zärtlich – auf die Wange. Ihre Augen waren feucht geworden. Leise meinte sie:

„Ich sagte ja: *very reserved and pleasing.*"

Für sicher eine Minute war es still. Dann räusperte er sich wieder und fragte:

„Gibt es sonst noch einen Namen?"

„Keinen, den ich so liebe wie dich", flüsterte sie leise und gab ihm noch einen Kuss. „Da war noch ein Franzose, aus Lyon, Edouard Choupé. War einer der Infektionsepidemiologen. Leitete die Untersuchungen, die den Nachweis von bestimmten Viren betrafen. Komischer Kerl, alles andere als angenehm. Pulvertrocken. Glänzender Analytiker, aber total unnahbar. Mit ihm mal einen Kaffee an unserem Automaten zu trinken, war vollkommen unmöglich. Ich glaub', er fühlte sich nicht wohl bei uns. Nach einem halben Jahr war er wieder weg. Einen Deutschen hatten wir auch noch. War vorher in Hamburg an so einem großen Institut. Weiß nicht mehr, wie es heißt. Er: Paul Bechtold. Virologe. Wir nannten ihn nur den Fälscher, weil er für die provozierten Mutationen zuständig war. Wie die nächsten zwei, aus Argentinien. Manuel Navarro. Auch Virologe.

Seine Eltern stammten aus Vigo und sind in den Fünfzigerjahren ausgewandert. Und eine Frau, Antonia Sanz. Kam aus Buenos Aires. Ich hab' sie mal besucht. War ganz nett. Kaum da, war sie viel umständlicher als bei uns in Madrid. Aber die Stadt hat mich umgehauen. Die haben Avenidas, so breit, dass wir ganze Städte reinbauen könnten. Die *Avenida 9 de Julio* zum Beispiel oder die *del Libertador*. Da müssen wir mal hinfahren. Da gibt es wunderbare Museen, Geschäfte ..." Sie stupste Miguel augenzwinkernd mit einem Finger und lachte. „... und Cafés. In einem, *Las Violetas,* fast schon 'ne Kathedrale, mitten in der Stadt – die haben unglaubliche Kuchen, sehr gefährlich, echt ein Traum. Und nichts für meine Figur –, auf jeden Fall habe ich da eine andere junge Frau kennengelernt. Brenda Bosque. Ein bisschen jünger als ich. Wow! Die hätte dir gefallen und ich keine Chance mehr. Schönes Gesicht. Hohe Wangenknochen. Im ersten Moment irgendwie breit wirkend. Große kastanienbraune Augen. Noch dunklere Haare als ich. Aber wunderschön. Ich hab' ein Foto. Das zeige ich dir mal. Ihre Mutter war eine indigene, eine *Guaraní,* und ihr Vater Spanier. – Mit der bin ich dann für ein paar Tage durch die Stadt getigert. – Da müssen wir wirklich mal hin! Ich habe noch Kontakt zu Brenda. Die besorgt uns sicher ein preiswertes Hotel."
Miguel lachte und schüttelte den Kopf. Über einige Planungen in seinem Leben musste er sich wohl keine Gedanken mehr machen.

„Fällt dir sonst noch jemand ein?", fragte er.

„Nein! Jetzt habe ich alle. – Glaube ich. Die davor oder danach kenne ich nicht."

„Ich sag' ja, dass du dich an all das erinnern kannst!"

„Und ich hab' dir gesagt, dass ich ein Elefantenhirn hab', stimmt's?"

„Bin gespannt, was du mal über mich sagen wirst?"

„Dass du manchmal Horoskope liest. Und dir Sachen in denen anstreichst: *Liebe: Jetzt könnte es klappen. Zögern Sie nicht wieder.*"

„Werde ich nicht", stellte er fest.

„Was machst du jetzt?" Inzwischen hatte sie eine Hand auf seinen rechten Oberschenkel gelegt.

„Anhalten, wenn du weitermachst."

Sie machte nicht weiter. Ließ die Hand einfach liegen und saugte mit ihr wieder seine Wärme auf. Plötzlich meinte sie:

„Du lässt mich auch zu. – Das hat keiner vor dir."

7. September, 8 Uhr 15

Andreu schaute ihn an.

„So viele? Ich dachte an zwei, drei Namen?!"

„Sie hat ein Elefantenhirn. Weiß sogar, woher sie kamen. Vielleicht könnte das ja auch eine Rolle spielen. Und vielleicht läuft das auch ins Leere raus. Dieses Virus können wir eh nicht aufhalten. Aber, wenn das einer von denen war …?" Miguel wiegte den Kopf hin und her.

„… haben wir wenigstens etwas geleistet und Elena macht den Rest. – Wie läuft's?"

Sanchez Olivero lachte und schlug Andreu auf die Schulter. So weit kommt's noch, dass er hier Bericht erstattete.

„Heute Nachmittag, hast du gesagt?"

Andreu verzog den Mund. Ein paar Informationen mehr hätte er schon gerne gehabt. Alle in der Burg waren neugierig und zerrissen sich das Maul. Neben dem üblichen Alltag, der jetzt auch noch abhandenkam, und diesem dämlichen Virus, war das die eigentlich interessantere Krise.

„Warte mal fünf Minuten! Mal sehen, was wir zum ersten Namen finden. Madrid sagtest du?"
Schon hatte er ein Portal angeklickt und Teilnehmer und Passwort eingegeben.

„Und darin sind alle gespeichert?", fragte Miguel.

„Du gehst mit deiner Boardingkarte durch die Sicherheitskontrollen. Für die Kontrolle anschließend sind die Kollegen zuständig. Die Daten darauf werden kurz gegengecheckt. Ob du das dann wirklich bist, muss mit dem Pass festgestellt werden. – Wenn der Name also stimmen sollte, würde er hier auftauchen. – Für Madrid. – Mehr aber auch nicht. Es gibt zurzeit fast dreißig aktive Flughäfen in Spanien! Ansonsten könnte ich versuchen, in die Buchungssysteme zu schauen. – Also, der Erste?"

„Nimm den. Elena kann ihn nicht leiden. Ist ein Weiberheld und hat Mundgeruch. Vielleicht ist der schon ein Treffer."

„Mal sehen. Romeo Vasquez." Mit schnellen Klicks durchsuchte Andreu die Listen der verschiedenen Tage. „Vasquez. Toller Name. Gibt's ganz selten, wie du siehst. Manchmal wird auch nur der erste Buchstabe des Vornamens abgespeichert. – Romeo. Ein Weiberheld also. Passt ja irgendwie. Romeo und Julia. – Hat er ihr etwa an den Arsch gepackt? – Könnte ich ihm ja fast nicht verübeln ..." Die ersten drei Tage waren ergebnislos. Vasquez fünfmal. Aber kein Vorname mit R. „... und Elena ist auf Suche nach dem Virus?"

„Sie arbeitet im *Son Llàtzer* auf der Station und kümmert sich um die Patienten. Gefunden hat sie das Virus schon, aber was will sie machen?"

„Ist das wirklich so gefährlich? Manche hier machen sich regelrecht in die Hose." Andreu lachte laut auf. „Das passt dann wenigstens."

„Sie hat mir das erklärt. Aber Bio und der Kram sind nicht mein Gebiet. War in der Schule schon so. Das Virus, das die Leute haben, ist eine sogenannte Mutation. Das macht es wohl so gefährlich."

„Tag fünf. Kein Vasquez. – Sieben Tage, sagtest du?"
Sanchez Olivero nickte nur.

„Kann sie dann abends raus?", löcherte Andreu weiter.

„Ja. – Bis jetzt. – Ich hol sie immer ab."

„Und fährst sie heim?! – Nett!"
Wieder erhielt Andreu nur ein Nicken als Antwort.

„Wo wohnt sie?"
Jetzt verdrehte Sanchez Olivero die Augen. Andreu war ja am Telefon gewesen, als Elena angerufen hatte. Also wusste er doch schon alles.

„Jetzt bei mir." Kurz und knapp.
Andreu ließ sich nichts anmerken. Nur seine Brauen zuckten. Bevor er etwas Falsches sagte, wartete er lieber ab. Inés schien demnach tatsächlich nicht mehr aktuell zu sein. Also war an dem ganzen Gerede doch was dran. Er war gespannt, wie das ausgehen würde. Wollte sie nicht nächste Woche wieder anfangen? Wieder zuckten seine Brauen. Die fällt aus allen Wolken, wenn sie das erfährt. Schon dachte er an das Theater, das daraus entstehen könnte, und spekulierte, wie viel die Burg davon mitbekommen würde. Vorlagen dafür gab es ja in Kinofilmen jede Menge. Er erinnerte sich an einen Film mit Julia Roberts und Natalie Portman. Wow! Die Portman. Das wäre auch was für ihn. Nach einer Weile räusperte er sich und deutete auf den Bildschirm:

„Der fällt demnach schon mal raus. Der ist brav zu Hause geblieben. Kein Vasquez. Kein Romeo. Kein R. Oder tatsächlich von einem anderen Flughafen geflogen. Wenn ich das aber durchchecken soll, kann das dauern. Lass mir die Namen mal da. Ich guck, was ich machen kann, und lass von mir hören oder schreib dir eine Nachricht."

7. September, 9 Uhr 30

„Die hier wünscht deinen sofortigen Rückruf."
Ivan reichte Sanchez Olivero mit besorgtem Blick einen Zettel.

„Elena?", fragte Miguel, ohne auf das Stück Papier zu schauen, und wunderte sich deswegen über Ivans despektierliches *Die hier.*

„Ich glaube nicht. Ich habe ihre Stimme nicht erkannt. Und sie hat nichts Weiteres gesagt. Auch als ich einen Hinweis haben wollte. Sie klang ziemlich ungemütlich. Auf jeden Fall alles andere als sexy."
Nun grinste Ivan. Sexy. Sein Stichwort. Hier in der Burg war ohnehin nur eine sexy. Und das war ausgerechnet Inés. Ivan bekam jedes Mal Stielaugen, wenn sie in ihrem Hitzedress durch die Gegend lief. Sanchez Olivero verzog das Gesicht und starrte auf die Telefonnummer. Ungemütlich war etwas, was er nach der letzten Nacht überhaupt nicht gebrauchen konnte. Kurz rief er sich Elenas Bild aus seinen Erinnerungen zurück, dann wählte er mit einem Seufzer die Nummer und nannte, nachdem abgenommen wurde, seinen Namen.

„Mein Name ist Oliva Gonzáles Estaban. Ich bin im Bereich Epidemiologie die verantwortliche und leitende Direktorin unserer Behörde und somit direkt dem Ministerium unterstellt."
Ihre nasale und quäkende Stimme machte sie sofort unsympathisch. *Angeberin,* war das Erste, was Miguel dazu einfiel und: *Was geht mich deine Position oder der Titel an? Ich bin* – ach, es war egal. Er sah sie förmlich vor sich: Karrierefrau im mittleren Alter, die Haare zu

einem Dutt auf dem Kopf zusammengebunden, auf der Nase eine dicke und etwas heruntergerutschte Brille. Dazu ein reinweißer Kittel, der sofort nach Kontakt mit irgendwelchem Schmutz gewaschen wurde, in dessen Taschen eine wohl sortierte Ansammlung von Stiften. Wahrscheinlich wollte sie nun in den letzten Tagen ihrer Laufbahn noch einmal gründlich um sich herum aufräumen und dafür sorgen, dass sie mit großem Lob von ihrem Arbeitsplatz verabschiedet wurde.

„Was verschafft mir die Ehre?" Sanchez Olivero war auf die Antwort gespannt.

„Ich hätte gerne gewusst, warum Sie so hartnäckig hinter dieser kleinen Virus-Epidemie eine kriminelle Tat vermuten?"

„Klein? Soweit ich weiß, sind es inzwischen mehr als 150 Fälle. Aber nicht nur deswegen, sondern weil ich inzwischen in meinen Augen – und das meine nicht nur ich – genügend Verdachtsmomente habe."

„Mir sind diese bekannt. Und ich kann Ihnen versichern, dass daran nichts, aber auch gar nichts ist. Dieses Virus hat zudem die Eigenschaft innerhalb von drei, spätestens fünf Tagen aus dem Körper ausgeschieden zu werden. Seine Wirkung ist unschön, ich weiß."

„Sie wissen, dass das eine sehr gewagte Aussage ist. Dieses Virus – und Sie sollten eigentlich wissen, dass unser Haus über eigene Labore verfügt – ist ein Virus, das so bisher nicht vorgekommen ist."

„Erstens, ist dies nicht wahr. Ich habe mir die Analysen zusammen mit sehr anerkannten Kollegen angesehen und feststellen müssen, dass sich in Ihren Methoden eine ganze Reihe von Fehlern – na, sagen wir, eingeschlichen haben. Und zweitens, und das ist viel entscheidender, überschreiten Sie vollkommen Ihre Kompetenz und Zuständigkeit. Dies ist ein Vorgang von so großer Selbstüberschätzung, dass ich direkt das

Innenministerium verständigt habe, um Ihnen mit sofortiger Wirkung jegliche Untersuchungen in dieser Hinsicht zu verbieten. – Ich hoffe, wir haben uns verstanden? Sie können froh sein, dass ich mich auf diesem Wege noch direkt bei Ihnen melde, um dies mitzuteilen."

Sanchez Olivero holte tief Luft, beugte sich vor und stützte seinen Kopf ab. So sprach er die nächsten Sätze, als wenn er parallel dazu noch etwas aus den Unterlagen vor sich studieren wollte. Dann begann er mit ruhigem und leisem Tonfall:

„Nun passen Sie mal auf. Ich habe hier eine Telefonnummer von meinem Kollegen erhalten. Diese habe ich angerufen. Diese weist in keiner Weise auf irgendeinen behördlichen Teilnehmer hin. Auf dem Zettel steht nicht einmal ein Name, weil er nicht genannt wurde. Selbst als nachgefragt wurde. Ich hätte diesen Zettel daher auch ..."

„... dann wäre nur Minuten später Ihr Vorgesetzter vor Ihnen gestanden und hätte vermutlich anders, das heißt, in einem nicht so ruhigen Ton, Ihnen mitgeteilt, dass Sie Ihren Schreibtisch räumen, wenn Sie ..."

„... dann hätte oder kann er das immer noch tun. Dieses Virus ist für uns im Augenblick nicht auf normalem Weg in Umlauf gekommen. Klar?"

In diesem Moment schaute er auf, weil er einen Schatten sah. Vor ihm stand Pelleter. Seine rechte Hand wedelte vor seinem Bauch, und ohne dass man es hören konnte, pustete er mit hochgezogenen Brauen eine nicht vorhandene Kerze aus. Dann setzte er sich. Sein Blick alles andere als unfreundlich. Im Gegenteil, er bedeutete Miguel, ungestört weiterzusprechen. Miguel nickte und fuhr in unverändertem Ton fort:

„... denn ansonsten werde ich diese Telefonnummer morgen oder übermorgen oder wann auch immer anrufen und Ihnen als Felipe VI. mitteilen, dass Ihre Karriere vorzeitig beendet ist. – Ohne irgendeinen Beweis einer Autorität ist mir Ihr Geschwätz vollkommen egal. Leider überschreiten Sie – egal, wer auch immer Sie sein sollten – vollkommen Ihre Kompetenzen. Im Gegenteil, Sie bestätigen uns in unserem Tun, in diesem Fall nun erst recht noch intensiver nachzuforschen. Ich denke, wir haben uns verstanden? – Falls nicht, können ..."

„Das wird Konsequenzen haben", zischte die Dame, die sich als Direktorin bezeichnete, ins Telefon und fügte in einem noch unbeherrschteren Ton hinzu:

„Ihr Vorgesetzter hat Minuten vor diesem Gespräch bereits ein informatives Schreiben per Mail erhalten. Er wird sicher in den nächsten Augenblicken vor Ihnen stehen und die von Ihnen verlangte Autorität kundtun und Ihre Unverschämtheiten beenden. Ich denke, nun haben wir uns verstanden?!"

„Absolut, und falls Sie noch irgendwelche Informationen von uns erhalten möchten, können Sie meinen Vorgesetzten persönlich sprechen. Er sitzt mir nämlich bereits ..."

Im gleichen Moment hörte er ein Klack am anderen Ende und das Gespräch war von dieser Gonzáles Estaban beendet worden. Verblüfft schaute Sanchez Olivero erst den Hörer dann Pelleter an, der sich ein Grinsen nicht verkneifen konnte. Miguel legte, immer noch verdattert, auf und sah Pelleter kopfschüttelnd an.

„So was!", meinte er zu seinem Gegenüber und Pelleter klopfte mit einer Hand auf Sanchez Oliveros Schreibtisch.

„Gut gemacht! – Das Mail kam vor einer Stunde an. Ich habe bereits mit dem Innenministerium telefoniert. Diese Señora ist tatsächlich für die Behörde tätig. – Was soll ich sagen, sie hat es versucht. Man hat es nicht so gern, wenn man die Nase bei denen reinsteckt. – Und dann war ich ein Stockwerk weiter oben. Wir haben freie Hand. Die einzige Einschränkung: Wir sollen alles so ruhig wie möglich angehen. Kein Wirbel. Es wäre zu viel davon abhängig. Die Wirtschaft, die Menschen, der ganze Tourismus, alle würden unter Umständen zu sehr beunruhigt werden, wenn herauskommen würde, dass kriminelle Aktivitäten dahinterstecken. Man meinte, es wäre nicht auszudenken, wenn die Angst umginge, irgendwelche Typen könnten jederzeit einen solchen Anschlag planen. – Ich sage mal so: Erstens haben wir schon darüber gesprochen und zweitens: Wann gehen wir schon mal an die Presse? Da scheinen andere Behörden mehr Ehrgeiz entwickelt zu haben."

„Ich habe gehört, der Inselrat sei schon weiter."

„Das stimmt, aber es sind Empfehlungen. Hände waschen nach jedem Toilettengang, Obst und Gemüse vorher waschen, viel trinken ..."

„... aber so, wie es aussieht, sind ausschließlich verpackte Waren betroffen gewesen", unterbrach Sanchez Olivero seinen Chef.

„Wenn Ricardos Leute gut gearbeitet haben, sind neunzig Prozent der betroffenen Verpackungen aus dem Verkehr gezogen. Wir hoffen, dass die restlichen zehn Prozent keine Wirkung mehr haben. Angeblich hält das Virus nicht so lange durch. – Die Ansteckungen, die nun gemeldet werden, sind wohl von Mensch zu Mensch übertragen worden. Ich gebe zu, unter Umständen ein gefährlicher Dominoeffekt."

Sanchez Oliveros Handy gab einen Ton von sich. Er zog es aus der Tasche und sah auf das Display. Andreu. *Santiago Gutierrez, Fehlanzeige.*

„Ihre Freundin?"

Miguel schüttelte amüsiert den Kopf. Das Thema lief wirklich durchs Haus. Selbst Pelleter, sonst immer sehr distanziert, entwickelte eine eigene Neugier.

„Nein. Andreu. Ich habe ihm eine Namensliste ehemaliger Mitarbeiter aus dem Labor in Madrid gegeben. Vielleicht ist der Übeltäter dort zu finden. Es hilft zwar nicht, das Virus aufzuhalten, aber wir hätten unseren Beitrag geleistet und dann kann diese Gonzáles Estaban in den Laboren mal in gleicher Art und Weise für Ordnung sorgen."

„Lassen Sie das bloß nicht die Öffentlichkeit erfahren. Halten Sie bitte vor Ihren nächsten Schritten ganz engen Kontakt zu mir." Pelleter schaute ihn mit ernst gewordenem Blick an. „Es reicht mir schon, wenn Dos Santos, der Abgeordnete, behauptet, er würde dafür sorgen, dass die Hotels dann halt geschlossen werden müssten, wenn das nicht in wenigen Tagen aufhört."

„Jeder sieht jetzt die Chance, wichtig zu werden. Dabei spielen die wichtigste Rolle die Ärzte und Pfleger." Sein Chef nickte, runzelte aber gleich darauf wieder die Stirn. Es war offensichtlich: Eine weitere Frage brannte ihm unter den Nägeln.

„Nächste Woche ist Señora Farrigua, also Inés, wieder da. Haben Sie sich schon mal Gedanken gemacht? Ich meine ... also sie wird ja erfahren ... und dann Sie beide hier im Haus. – Das wird schwierig, oder? Eine weitere Sorge können wir hier nicht brauchen. – Wollen Sie nicht vorher ... vielleicht?"

„Ich habe es gestern im Verlauf des Tages probiert, sie hat das Hotel verlassen. Man war an der Rezeption ganz verwundert, denn man sagte mir, sie sei doch schon von ihrem Freund abgeholt worden, ob sie das niemandem erzählt hätte."

„Oh!" Mitten im Aufstehen verharrte Pelleter in seiner Bewegung und sah Miguel mit ehrlich verwundertem Blick an. Seine Haltung hatte etwas Groteskes. „Damit habe ich nun wirklich nicht gerechnet."
Langsam setzte er sich wieder hin und sah Sanchez Olivero über den Schreibtisch hinweg an. Jetzt wieder mit ganz väterlichem Blick.

„Wissen Sie etwa Näheres?", wollte er noch wissen.

„Nein." Miguel runzelte die Stirn. „Ich tat verblüfft und verneinte. Ob sie eine Adresse hinterlegt hätte. Die Frau meinte nur, es wäre ein junger großer Mann gewesen. Mehr wüsste sie nicht. Ihr Sohn Diego war es jedenfalls nicht. Er wäre der einzige junge Mann aus ihrem Umfeld. – Und Sohn und kein Freund."
Pelleter seufzte und stand auf.

„Ihr macht Sachen!"

7. September, 22 Uhr 10

Kaum zu Hause, ging sie stumm ins Schlafzimmer, zog sich aus und verschwand im Bad. Dann hörte er das Wasser laufen. Schon im Auto hatte sie nur schweigend zur Seitenscheibe hinausgeschaut. Er ahnte auch so, was los war. Warum sollte er insistieren? Die Gespräche in der Burg waren im Verlauf des Nachmittags immer dramatischer verlaufen, was um 10 besprochen worden war, galt bereist um 11 nicht mehr, und eine Stunde später galt auch das letzte Vorhaben nicht mehr. So ging es die nächsten Stunden weiter. Pelleter saß immer wieder an Miguels Schreibtisch und schüttelte den Kopf. Der normale polizeiliche Alltag implodierte.

„324. Hat Elena was zu Ihnen gesagt?", wollte sein Chef am späten Nachmittag wissen. Jetzt schon viel vertraulicher.

Sanchez Olivero schüttelte den Kopf und erwiderte zwei, drei Sekunden später:

„Über Tag hat sie keine Zeit. Der gesamte zweite Stock ist isoliert und fünf Kollegen von ihr haben dieses Virus mit all seinen Auswirkungen. Wenn es einen erwischt und durchschüttelt, sind innerhalb von wenigen Minuten die Kräfte weg, weil man sich, wie nie zuvor erlebt, erbrechen muss und entleert. Sie können in diesem Fall jedes Mal froh sein, wenn Sie es auf die Toilette geschafft haben."

Pelleter nickte mit verzerrtem Gesicht und schaute matt an ihm vorbei zum Fenster hinaus.

„Und keiner kann sagen, wer diesen Mist herumträgt und den nächsten infiziert", ergänzte Miguel noch.

„Andreu hat noch nichts gefunden, oder?"

„Ich hätte es Ihnen sofort gesagt. Lucía Lopez war bis jetzt die Einzige, die in den letzten 14 Tagen einen Flug von Madrid hatte. Der ging aber nach Helsinki und von dort vor fünf Tagen auch wieder zurück. Wir haben nachgeforscht. Sie war tatsächlich auf einem Kongress. Wir haben nur noch drei Namen auf der Liste." Dann machte Sanchez Olivero eine Pause, sah an die Decke, als fände er dort die Lösung, die ihm fehlte, und fuhr mit einem Finger der Kante seines Haardreiecks entlang. „Wenn wir nun noch jemanden finden sollten, frag ich mich, wie wir denjenigen zur Rechenschaft ziehen könnten? Das hat dann wohl nur noch mit einer gewissen Genugtuung zu tun."

„Die oben haben gemeint, wenn wir bis zum Wochenende nichts finden, sollen wir die Suche einstellen. Wir könnten uns ja nicht einmal von der Öffentlichkeit ein Lob abholen. Die würde lynchen wollen."

Sanchez Olivero hatte verstanden und nickte in derselben Manier wie sein Chef.

„Vielleicht lyncht ihn das eigene Virus", lächelte Sanchez Olivero schadenfroh.

„Wäre zu wünschen", erwiderte Pelleter und druckste rum: „Ich habe vorhin mit Inés telefoniert. Sie kommt am Montag früh. Aber zuerst zu mir in mein Büro. In der Situation sollten wir ein Aufeinanderprallen von euch vermeiden, oder?"

Sein Ton war schon wieder väterlich geworden. So wie vor zehn oder vierzehn Tagen, als er Miguel von seiner Töchter erzählt hatte. Miguel lächelte aber nicht nur deswegen.

„Aufeinanderprallen werden wir sicher nicht. Ich denke eher, dass wir uns verwundert ansehen werden. In ein paar Tagen, Wochen oder Monaten werden wir alle einen Unfall hinter unserer Situation vermuten. – Egal, in welche Richtung."

„¡Anda! Ihr macht wirklich Sachen!", meinte Pelleter und legte sein Kopf zur Seite.

Miguel lächelte aufgesetzt und dachte an einen Song von Melitha Etheridge, *Like the Way I Do*. Nein, *Niemand liebt dich so wie ich*, wird sie nicht sagen können. Ihr Freund hatte sie abgeholt.

Das Wasser im Bad rauschte immer noch. Miguel ging zur Tür und öffnete sie ein wenig. Elena saß hinter dem Vorhang in der Duschwanne und ließ das dampfende Wasser auf sich prasseln. Kurz entschlossen zog sich Miguel aus und setzte sich wortlos neben sie. Nur mit einem Kuss auf eine Schulterspitze von ihr. Nach unzähligen Minuten, das Wasser kam immer kälter aus der Leitung, begann sie zu sprechen:

„Ab morgen pendle ich nur noch hin und her. Morgens hin, abends oder nachts zurück. Vielleicht sogar erst am Tag darauf. 24-Stunden-Schichten. Ich pack nachher meine Sachen und geh wieder zurück zu mir.

Das hat doch keinen Sinn. Du würdest mich nur schlafend und ausgepowert sehen. Nach allem, was wir heute in der Klinik besprochen haben, wird das mindestens noch drei oder vier Wochen so gehen. Vielleicht werden Monate daraus. Danach bin ich tot und sicher nicht mehr die, die du mal kennengelernt hast. – Und am Montag kommt sicher Inés zurück und bleibt entweder da, weil alles nur ein Irrtum war, oder holt ihre Sachen. Dann müssen nicht noch meine Klamotten hier rumhängen. Dass ihr euch deswegen auch noch in die Haare bekommt, muss ja wirklich nicht auch noch sein. Ihr solltet eine Chance haben. Wenigstens ihr. – Lass uns Schluss machen. – Scheiße!"
Dann zog sie ihre Knie an, klemmte den Kopf dazwischen und begann zu weinen. Miguel legte seinen Kopf an die Kacheln und schloss die Augen. Das brausende, inzwischen fast kühle Wasser erinnerte ihn an einen Regenguss, den er vor mehr als zwanzig Jahren in Madrid vor dem Haus seiner ersten Freundin erlebt hatte. Eine Minute zuvor hatte sie Schluss gemacht. Das Gerücht, Ruben sei ihr neuer Freund, war ab diesem Moment kein Gerücht mehr. Er blieb vor der Tür stehen, schaute sie an, während der Regen einsetzte und mit jeder Sekunde heftiger wurde. In der nächsten Minute würde sie sich sicher wieder öffnen und alles wäre nur ein schlechter Traum gewesen. Aber sie öffnete sich nicht, stattdessen ein Fenster über ihm und er hörte: *Kapierst du das nicht? Lass mich in Ruhe!*
„Ich gebe dir einen Schlüssel, wenn du magst, und halte deine Bettseite warm. Mein Horoskop hat gesagt, ich soll nicht wieder zögern. Also! – Ich habe Inés' Sachen in eine Tasche getan und die ins Auto. Stimmt. Sie kommt Montag wieder. Und ist erst beim Chef. Ich habe versucht mit ihr zu sprechen und bin zum Hotel. Stell dir vor, sie machte Urlaub an der Playa. – Aber sie ist

schon seit mindestens zwei Tagen nicht mehr da. Ihr Freund hat sie abgeholt, hieß es."
Plötzlich war das Wasser abgestellt und er drehte seinen Kopf. Elena sah ihn mit vollkommen verquollenen Augen verwundert an. Hatte sie richtig gehört? Sie sollte einen Schlüssel bekommen? Und Inés wurde von ihrem Freund abgeholt? Hatte Inés etwa von ihr erfahren und rächt sich auf diese Weise? Auch ihre letzte Beziehung war genau deswegen auseinandergegangen. Nur war er derjenige, der plötzlich mit einer Neuen auftauchte. *Such dir einen anderen Job oder studier' was Vernünftiges. Was soll das Ganze, wenn man sich nicht sieht. Ich will eine Frau neben mir.*

„Das heißt, du möchtest nicht, dass ich geh?"
Der Duschkopf tropfte genau auf Elena. Das Platschen klang wie das Vorrücken eines Sekundenzeigers einer elektrischen Uhr. Letztendlich lief die Zeit immer gegen einen. Aber wenn die Seele bereit ist, sind es die Dinge auch. Man sollte nur in den richtigen Bus einsteigen. *Jetzt könnte es klappen, zögern Sie nicht wieder.* Nein, es gab nichts, was ihn nun zögern lassen sollte. Immer noch das Tropfen und unter ihm das Gurgeln des Abflusses. Zu viel durfte in diesem nicht verschwinden. Schon gar nicht die Zeit mit Elena.

„Die letzten Tage mit uns waren intensiv und ich glaube auch ehrlich, wir sollten sie nicht weglegen und in Vergessenheit geraten lassen. Oder sie nur für schön befinden. Wenn du so empfindest wie ich, meinen wir es ernst und sollten es jedenfalls miteinander versuchen. Ich weiß nicht, was morgen Abend sein wird. Keiner kennt den nächsten Tag. Und was am Montag geschieht, werden wir sehen. Wenn du magst, gebe ich dir einen Schlüssel, wenn du magst, hole ich dich ab, wenn du magst, fahren wir noch mal zum *Santuari* und warten, bis wir alleine sind, wenn du magst, bleibst du bei mir. Und schläfst dich, wann immer du es brauchst, aus."

Das Tropfen hatte aufgehört. Die Zeit war stehen geblieben. Der Abfluss verschluckte nichts mehr. Auch das Haus war still, bis auf den Fernseher der alten Menguez. *Canal 24 Horas* oder alte Liebesfilme. Manchmal konnte er den Berichten lauschen, wenn sie die Krisen der Welt schilderten, oder die schmachtenden Dialoge verfolgen. Tipps für sich konnte er aus diesen nicht heraushören. Meistens ging er irgendwann ins Schlafzimmer und schloss die Tür, dann war das Geräusch nur noch ein Grummeln und er schlief dann schnell ein.

Vor vielen Wochen lief eine politische Sendung, man setzte in einer Diskussion den Ministerpräsidenten unter Druck. Man verstand fast jedes Wort. Ein Wunder, dass sich niemand im Haus beschwerte. Inés rollte auf den Rücken und fauchte mit geballten Fäusten: *Verdammt noch mal, ihr seid Politiker, schnauzt euch nicht an! Wir haben euch gewählt, findet endlich 'ne Lösung! – Ich kann's so nicht.* Dann stand sie stampfend auf und stellte sich in der Dunkelheit des Zimmers schweißglänzend und nackt wie sie war vor die Balkontür und schaute auf den hässlichen Betonbau gegenüber. Nur von der schummrigen Laterne weiter links in blassgelbes Licht getaucht. Ihr Po darin makellos, sandsteinfarben, wie von einem hungrigen Bildhauer geformt wirkend – und sinnierte vor sich hin. Nie hatte sie erzählt, was ihr in diesem Moment durch den Kopf ging. Zweifel? Mit einem Lächeln schielte er zu Elena, die so wunderschön anders war und sie beugte sich im selben Moment zu ihm herüber und fing an, zärtlich in seine Schulter zu beißen. Statt des Duschwassers spürte er ihre Tränen seine Brust herunterlaufen. Mit einem Finger verfolgte sie eine bis in seinen Schoß.

„Du weißt nicht, auf was du dich da einlässt."

„Weißt du es denn?"

Sie hob die Hände und strich sich die nassen Haare aus dem Gesicht. Dann stand sie umständlich auf. Er betrachtete sie von unten. *Zögern Sie nicht wieder.* Seine Frage hatte sie nicht beantwortet. Mit einem ernsten Blick, als müsse sie darüber nachdenken, nahm sie ein Handtuch und trocknete sich ab. Fast trocken warf sie ihm ein anderes zu. Miguel fing es auf und in der Duschwanne sitzend begann er sich abzurubbeln. Als sie vor dem Spiegel stand und mit einer Bürste durch ihre Haare fuhr, drehte sie sich um und meinte:

„Weißt du, was eine abstrakte Beziehung ist?"

„Ich kann sie mir nicht vorstellen."

„Sie hat keinen Bezug zur Wirklichkeit."

Miguel hängte sich das Handtuch um den Hals und versuchte aufzustehen.

„Du meinst, unsere Beziehung würde dann unwirklich sein?"

„Nein! Nicht die Beziehung an sich, sondern eine der Komponenten. Entweder unsere Arbeit oder unsere Liebe. – Was meine Arbeit angeht, wird sie unsere Liebe wie ein Virus als Wirtszelle befallen wollen."

„Ich lasse nicht zu, dass sie kaputt geht."

„Aber es werden viele Tage werden."

„Du wirst dich wundern. – Ich bin zäh."

8. September, 16 Uhr 20

Gerade war er auf die *Vía de Cintura* aufgefahren. Elena wollte pünktlich ihre Schicht antreten, die wieder kurzfristig verändert wurde. Frühestens am Montag würde er sie wiedersehen. Und wenn, höchstens für ein paar Stunden, die sie sicher zum Ausruhen brauchte. Vielleicht war er dann auch schon in der Burg in der *Simó*

Ballester oder immer noch. Den Morgen hatten sie zusammen im Bett verbracht. *Dafür* und *damit* und mit Kaffeetrinken und Erzählen. Um zwölf war er für eine Stunde ins *comisaría* gefahren. Andreu hatte weitere Namen von der Liste gestrichen. Auch Leon Torres, Edouard Choupé – *sein Hobby ist wohl, Artikel für Fachzeitschriften zu verfassen. Guck dir die Masse mal an* – und dieser Paul Bechtold boten keine Anhaltspunkte. Bei Letzterem war er fast außer Atem gekommen, weil er durch die halbe Weltgeschichte geflogen war. Innerhalb dieser sieben Tage von Hamburg – wo er inzwischen wieder wohnte – nach Berlin, Rom, St. Petersburg und sogar Peking. Jedoch nie auf die Insel. Er wollte sich melden, wenn er mir der Liste durch sei. *Kann ja nicht mehr lange dauern.*

Es dauerte nicht mehr lange. Denn Miguels Handy klingelte nun in seiner Hemdtasche. Als er es herauszog, sah er Andreus Nummer, lächelte und gab es Elena.

„Andreu. Der mag dich. Nimm's ruhig ab."
Verwundert schaute sie Miguel an.

„Der kennt mich doch nur vom Telefon ..."
Sie nahm das Gespräch an und hatte aus Versehen auch den Lautsprecher eingeschaltet. Andreus Stimme hallte deshalb unerwartet laut aus dem kleinen Ding und somit auch durch den Twingo. Erschreckt hielt sie es ein wenig weg und Andreu verkündete ohne Begrüßung:

„Ich hab's dir ja gesagt, es dauert nicht mehr lange, hättest auch dableiben können. Aber ich kann dich verstehen. Ich hoffe, ihr zwei habt es genießen können? Wenn's stimmt, was sich hier alle erzählen, muss sie ja wirklich ein Megageschoss sein. Aber ich gönne es dir."
Elena sah grinsend zu Miguel und er mit starrem rot gewordenen Blick auf die Straße. Sich räuspernd und stockend antwortete er:

„Ich werde es ihr bei Gelegenheit mal sagen."

„Wo bist du überhaupt? Das klingt so komisch?"
„Ich fahre sie gerade in die Klinik."
„Oh!"
Sekundenlange Stille. Dann ein Husten von Andreu.
„Sie hat's gehört, oder?"
„Sie hat's gehört."
Eine weitere Sekunde.
„Auch gut!" Jetzt lachte er und Miguel sah ihn vor sich, wie Andreu jetzt am Schreibtisch saß, ungläubig den Kopf schüttelte und mit der Hand abwinkte. Wenn er Elena mal begegnen sollte, hatte sich diese Geschichte längst in Luft aufgelöst.
„Also. Was ich eigentlich sagen wollte. Ich hab' sie."
„Sie?"
„Ja doch. Die Antonia Sanz. War auch nicht ganz einfach. War ein Transitflug. Vor 11 Tagen. Von Buenos Aires-Ezeiza nach Madrid und von da nach Palma. Sie ist erst vorgestern wieder zurück. Ich sag dir, die wollte sehen, ob alles auch so klappt, wie sie es sich vorgestellt hat. Ich habe vorhin mal vorgefühlt, das wird ein langes Verfahren, wenn überhaupt eines zustande kommen kann, eine Auslieferung wird ohnehin schwierig werden, da gab es früher schon ein paar Schwierigkeiten. Vielleicht erinnerst du dich noch an das Dilemma um José Utrero Molina. Aber vielleicht gibt es die Möglichkeit einer Befragung. Jedenfalls wird das nicht mehr länger unser Fall sein. Den sind wir los. Das gibt was Politisches. – Vielleicht hat Elena eine Ahnung ..."
Elena war entsetzt und fassungslos. Miguel schaute hinüber, als er vom Verteilerkreis auf die Zufahrt zum Krankenhaus abbog. Sein Handy war in ihrer Hand in den Schoß gesunken, mit der anderen wischte sie sich prustend ihre Haare immer wieder nach hinten.
„... wann kommst du wieder vorbei?"

„Gleich danach. Vielleicht in einer halben Stunde."
„Gut! Ich sag dir, da ist irgendwas vorher passiert. So einen Scheiß macht man doch nicht ohne Grund."
„Sicher nicht. – Wir sehen uns nachher."
Wenige Augenblicke später fuhr er zwischen zwei parkenden Krankenwagen hindurch auf den Gehweg und blieb kurz vor dem Eingang stehen.

„Das gibt es doch gar nicht", stöhnte Elena leise, „und ich besuche die noch in Buenos Aires. Aber ich sagte ja, die war da ganz anders als bei uns."

„Vielleicht war da was mit deinem Vater?"
Ihre Antwort war ein zweifelnder Blick und Kopfschütteln.

„Und dann kommt sie nach so langer Zeit wieder zurück und macht so etwas?"

„Wie lange war sie denn bei euch im Labor?"
Nun sah sie ihn erstaunt an. Natürlich! Sie war damals gegangen und nicht die anderen. Die Sanz ist geblieben. Wie die anderen. Außer diesem Franzosen. Selbst der Deutsche forschte noch eine ganze Weile. Es gab ja noch andere Projekte.

„Stimmt. Dumm von mir. Ich habe damit so abgeschlossen, dass ich dachte, alle anderen hätten es auch."

„Hast du noch Kontakt? – Irgendwie?"
Wieder schaute sie in verblüfft an.

„Ich hab' sicher noch irgendwo die Nummer von damals. Aber ist das nicht zu lange her? – Und dann ruf ich die an, wenn hier das Chaos ausgebrochen ist und sie es ja schon weiß. – Die riecht doch den Braten."

„Oder auch nicht. Du bist eine Frau. Vielleicht würdest du es merken, wenn sie sich verheddert. Bei mir hast du auch alles herausgefunden."

„Wenn die Nummer überhaupt noch stimmt."

9. September, 23 Uhr 45

Der Ticker im Fernsehen erklärte alles: Mallorca 613, Barcelona 43, Valencia 27, Madrid 21, sogar Sevilla meldete bereits eineinhalb Dutzend, dazu kamen Paris, Lyon, London, Berlin, Hamburg und so weiter und einige Städte in Übersee. Auch Buenos Aires. Es dauerte über eine Minute, bevor das schnell durchlaufende Band am unteren Rand wieder von vorne begann. Wenn er richtig gezählt hatte, waren 82 Städte beziehungsweise Regionen betroffen. Morgen schon würden es doppelt so viele sein. Die Werte für die Ansteckungsrate waren ihm inzwischen allzu bekannt. Und die beobachtete Gesamtsterblichkeit übertraf die erwartete Sterblichkeit. Der Anstieg manifestierte sich in der Altersgruppe der 65- bis 84-Jährigen der insgesamt erwarteten Todesfälle, so der Ticker in der *Simó Ballester*. Die Welt war zu klein und zu gut vernetzt, als dass dieses Virus nicht auch in die letzte Ecke dieser Kugel gelangen würde. Sofort fiel ihm dieser distanzierende und neutralisierende Begriff Letalität wieder ein. So wurde aus den Verstorbenen eine nackte Zahl. Gefühllos. Mathematisch verwendbar. Wer wollte, konnte mit dieser Zahl Räume, Flächen, Größen, Gewichte, Entwicklungen, Verluste und Gewinne oder andere immer unwichtigere Dinge errechnen. Die Dynamik wäre in dieser Zeit längst mehr als einen Schritt weiter. Egal, wie dieses Virus hieß. Egal, warum Antonia Sanz meinte, sie müsste es aus Frust und Rache explodieren lassen. Egal, was es mit den Menschen machte. Es dachte sich nichts dabei. Sein einziger Auftrag hieß Überleben. Und falls es nicht auf diese Weise funktionieren würde, hätte es in seiner Garderobe ein neues Kleid und würde sich, neu gestylt, wieder auf die Menschheit stürzen und darauf achten, dass diese überleben würde. Denn diese

Zweibeiner waren ihr bestes Experimentierfeld. Die anderen Möglichkeiten hatte diese Spezies erfolgreich begonnen zu minimieren oder sogar aussterben zu lassen. Und sie war so dumm, anderen ins Gesicht zu niesen, zu husten, sich die Hand zu geben, bevor man diese gewaschen hatte, und Dinge zu essen, die noch nie gegessen wurden. Das Virus lachte. Von nun an würde die halbe Menschheit das Fürchten lernen. Die andere Hälfte hatte es schon in ein paar Tagen nicht mehr nötig. Wenn sie Glück hatte, konnte sie noch Abschied nehmen. *Wir sollten uns also nicht wundern,* dachte er. *Und nicht so tun, als hätten wir von nichts gewusst.* Das Leben wird seine Routinen mit neuen Prioritäten ausstatten. Das Leben wird seine Vorgehensweise verändern. Pläne zu erstellen, war unter Umständen sinnlos. Auf die menschlichen Egoismen würde es nicht länger Rücksicht nehmen.

Miguel schaute auf die Uhr. Morgen würde er Inés sehen. Ihr begegnen. Mit ihr sprechen. Vielleicht würde es Tränen geben. Nein, er war sicher, dass sie fließen würden. Auch bei ihm. Er atmete tief ein und hielt die Luft an. Mehr Gedanken wollte er sich nicht machen. Das Leben hatte in diesen Tagen seine Pläne verändert. In allen Richtungen. Er hoffte, für sich zum Guten. Dann stand er auf und ging ins Bad. Elena würde nicht kommen. Nachtschicht. Wahrscheinlich würde sie erst da sein, wenn er schon eine Stunde weg wäre. Vielleicht würde er sich auch erlauben, auf sie zu warten. Ja, das würde er machen. Es war alles in Ordnung, alles gut, alles richtig. Nicht nur in diesem Moment. Ein letztes Mal sah er auf sein Handy. Leider keine Nachricht von ihr. Später nahm er es mit ins Schlafzimmer und legte es neben sich auf das kleine Tischchen.

10. September, 8 Uhr 35

Als er jemanden die Treppe mit High Heels hinaufkommen und den Schlüssel hörte, legte er die zum dritten Mal gelesene Zeitung zur Seite, machte das Radio aus und stand auf. Das Virus war dabei, den Blick auf das Wesentliche zu verhindern. Kurz überlegte er, sie mit einer Tasse Kaffee zu empfangen. Sein Horoskop-Espressokocher war seit kurz vor sechs den ganzen Morgen gelaufen und blubberte seitdem beruhigend vor sich hin. Aber sie in den Arm zu nehmen, nach dem erst ersten der schweren Tage, würde dann schwerfallen.
Er stellte die Tasse ab.

Danke!

Ein solches Buch kann nicht ohne Hilfe entstehen.
Besten Dank Jürgen, für Deine Korrekturen bezüglich der medizinischen und virologischen Details.
Großer Dank an das Instituto de Salud Carlos III (IS-CIII),
an das Ministerio de Ciencia e Innovación,
an das Red Nacional de Vigilancia Epidemiológica.
Ohne deren Unterlagen hätte ich ein anderes Thema wählen müssen.
Danke auch an die Begleiter von der ersten Stunde an:
Dr. Enrico Furlan und Antonio Corzar.
Und besten Dank an Brigitte Bausch, die dieses Buch wieder mit großer Sorgfalt und Rat und Tat lektoriert hat.

(Andreas Heßelmann, Tuschezeichnung von Rainer Simon)

1958, Duisburg, Niederrhein. Kaum drei Jahre alt, die ersten Märchenplatten, dann Jim Knopf, die ersten (Kinder)-Krimis von Enid Blyton und später die von Jean-Bernard Pouy. Eine von Anfang an spannende und überaus fesselnde Welt, in der ich versank und die ich als Kind mit eigenen Figuren ergänzte. Meine Fantasie war angeregt. Das gilt auch heute noch. Ich wurde Buchhändler, schreibe seit 30 Jahren, erwecke Personen und Handlungen zum Leben und mache daraus Bücher, die ich gerne selber lese. Das ist in meinen Augen entscheidend: Man sollte die eigenen Bücher mögen.

Rainer Simon
Einer der bekanntesten Zeichner, Cartoonisten und Illustratoren Deutschlands. Er arbeitete für das Handelsblatt, die Stuttgarter Zeitung und den Playboy. Illustrierte Bücher von Michael Ende für den Weitbrecht Verlag und gestaltete Bücher unter anderem von Gerhard Konzelmann, Arturo Pérez-Reverte und Salim Alafenisch. Rainer Simon gewann unzählige Preise und Auszeichnungen. – Er lebt in Böblingen.

Andreas Heßelmann
Keine Rückkehr
Ein Mallorca-Krimi

ISBN: 978-3-7407-1523-6
Oktober 2016

Verlag Twentysix/Random House

13,- €

Ausgerechnet als er sich auf Mallorca von einem Mordanschlag erholen soll, findet der aus Padua stammende Commissario Berlingui schon nach wenigen Tagen in unmittelbarer Nähe zu einem kleinen Kloster die Leiche einer jungen Frau.
Am liebsten würde er sich aus den Untersuchungen heraushalten, doch Inspector Sanchez Olivero bindet ihn in einen immer komplexer werdenden Fall mehr und mehr ein.
Ein rasanter, harter, mitunter dunkler und leider immer aktuell bleibender Krimi.

„Andreas Heßelmann entspinnt geschickt eine Geschichte auf Mallorca, in der es nicht allein um das Katz-und-Maus-Spiel einer Mördersuche geht."

(Peter Bausch, Feuilleton, Sindelfinger Zeitung)

Andreas Heßelmann
Keine Zeugen
Der zweite Mallorca-Krimi

ISBN: 978-3-7407-4341-3
Januar 2018

Verlag Twentysix/Random House

14,- €

„Ich hatte tatsächlich gehofft, derartige Fälle vorerst nicht wieder untersuchen zu müssen."
„Und doch landen solche früher oder später weder bei uns auf dem Tisch. Die Kundschaft dafür geht einfach nicht aus. – Die Nachfrage wird immer perfider, und die Angebotsseite passt sich an."
„Vielleicht ist es auch umgekehrt", seufzte Inés.
„Könnte sein, es geht ja dabei um viel Geld."
„Mein Gott, die armen Mädchen."

„Auch in ‚Keine Zeugen' geht es Heßelmann um mehr als die Suche nach dem Mörder. Er schaut hinter die Bühne des Postkarten-Mallorcas. Das schafft er nicht nur durch einen gelungenen Plot, sondern vor allem durch glaubwürdige Figuren. Allen voran der liebenswerte, keineswegs perfekte, aber stets Gerechtigkeit suchende Inspector Sanchez Olivero. Eine Ermittlerfigur, mit der man als Leser gerne seine Abende verbringt, mit der man mitleidet, mitfiebert und mitliebt."

(Tim Schweiker, Sindelfinger Zeitung)

Andreas Heßelmann
Keine Freunde
Der dritte Mallorca-Krimi

ISBN: 978-3-7407-6812-6
Juli 2020

Verlag Twentysix/Random House

12,-- €

Der Fall Más Mallorca schien abgeschlossen, doch dann findet man im Museum für zeitgenössische Kunst Es Baluard in Palma kurz vor der abendlichen Schließung eine Leiche. Wie eingeschlafen wirkend und allein vor einem Bild sitzend. Die Akte Más Mallorca muss wieder geöffnet werden, dabei kommen pikante Details ans Tageslicht. Doch nicht nur dieser Fall mit neuen Verwicklungen belastet Inspector Sanchez Olivero. Auch in seiner Beziehung mit Inés läuft nicht alles wie geplant.

„Eine Ermittlerfigur, mit der man als Leser gerne seine Abende verbringt, mit der man mitleidet, mitfiebert und mitliebt."

(Tim Schweiker, Journalist)

Andreas Heßelmann
Der Tote unter der Explanada
Ein Alicante-Krimi
Teil 1

ISBN: 978-3-7407-1125-2
Neuauflage 2018

Verlag Twentysix/Random House

11,99 €

Nur noch wenige Tage bis zur Johannisnacht, den Hogueras de San Juan, eines der größten und buntesten Feste in Spanien. Doch ein grausamer Fund unter den Steinen der Flaniermeile Explanada de España in Alicante bedroht die Durchführung des Festes.
Inspector Xarneracomte, manchmal etwas langsam, bisweilen ungelenk und viel zu lang schon allein, stößt bei seinen Ermittlungen zusammen mit seinem besten Freund und Kollegen und mit viel Intuition auf merkwürdige und ungewöhnliche Spuren.
Ein aufwühlender und aktueller Krimi vor dem Hintergrund der Flüchtlingskrise in Spanien.

„Kennen Sie einen Afrikaner, der freiwillig nach Europa kommen würde? Das ist kein Wunschtraum, sondern nur der letzte Ausweg."

Andreas Heßelmann
Der Tote auf Tabarca
Der zweite Alicante-Krimi

ISBN 978-3-7407—5050-3

Verlag Twentysix/Random House

13,- €

Spanien ist einfach zu nah, als dass die Menschen des afrikanischen Kontinents nicht den riskanten Weg über das Mittelmeer in die vermeintlich bessere Welt wählen würden.
Doch sind sie angekommen, sind die Verlockungen in dieser Welt genauso groß. Inspector Xarneracomte und sein Freund Primo müssen im neuen Fall einen weiteren Mord aufklären, der wohl mit dieser Sehnsucht nach Freiheit in Verbindung steht.
Wären die beiden weniger mit ihren Angehimmelten, Mónica und Cristina, beschäftigt, würden sie sich sicher besser auf die Antwort darauf konzentrieren können.

Auch „Der Tote auf Tabarca" spielt vor dem hochaktuellen Hintergrund der Flüchtlingskrise in Spanien.

Andreas Heßelmann
Schlammschlacht
Ein Padua-Krimi

ISBN: 978-3-7407-3027-7
Oktober 2017

Verlag Twentysix/Random House

12,50 €

Abano Terme bei Padua. Ausgerechnet in diesem weltbekannten Kurort wird in einem Hotel Monsignore Tossatello mit einem Eimer Fango umgebracht. Commissario Berlingui hat es nicht nur mit einer ungewöhnlichen Methode von Mord zu tun, sondern auch der Ermordete ist als kirchlicher Würdenträger des Vatikans nicht gerade alltäglich. Aber es bleibt nicht bei dieser Leiche, und Berlingui findet sich in einem zunächst unübersichtlichen und viele Jahre zurückreichenden Fall wieder, dessen Ende überrascht.

„Einmal mehr hat Andreas Heßelmann einen Kriminalroman verfasst, der den Leser nicht mehr loslässt. Atmosphärisch dicht, voller historischer und politischer Bezüge und vor allem: spannend bis zum tatsächlich überraschenden Ende."
(Tim Schweiker, Sindelfinger Zeitung)

Andreas Heßelmann
Zementschlacht
Der zweite Padua-Krimi

ISBN: 978-3-7407-1495-2
August 2019

Verlag Twentysix/Random House

12,- €

Acht tote Schwarzafrikaner.
Mitten auf dem Prato della Valle in Padua.
Zwei Bauunternehmer, die sich seit ihrer Kindheit im Krieg kennen.
Spuren, die unglaublich erscheinen und Commissario Berlingui ein Rätsel sind, bis ihn die Ehefrau eines der Bauunternehmer zu einem Gespräch einlädt.
Berlinguis härtester Fall birgt nicht nur unvermutete Schicksale der Beteiligten, sondern beeinflusst auch sein eigenes Leben.
Ein ungewöhnlicher Krimi mit historischen Bezügen, die bis in die Zeit des faschistischen Italiens zurückreichen.

Andreas Heßelmann
Der letzte Mörder
Der dritte Padua-Krimi

ISBN: 978-3-7407-1495-2
Januar 2020

Verlag Twentysix/Random House

12,- €

Kaum aus seinem Urlaub auf Mallorca zurückgekehrt, wird Commissario Berlingui eine neue Kollegin vorgestellt, Sottotenente Loretta Dugiorni, Absolventin der Accademia Militare di Modena. Eine junge, strebsame und auffallende Persönlichkeit. Sie ist in seinem Fall „Zementschlacht", der ihn fast das Leben gekostet hatte, einigen merkwürdigen Dingen nachgegangen und hat nochmals nachgeforscht. Ihr überraschendes Ergebnis präsentiert sie zusammen mit Ispettore Collasso in ungewöhnlicher Umgebung: „Der letzte Mörder" – Commissario Berlingui zwischen Erstaunen und Bewunderung.

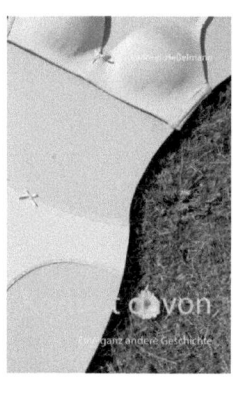

Andreas Heßelmann
Kommt davon
Eine ganz andere Geschichte

ISBN: 978-3-7407-4828-9
Juli 2018

Verlag Twentysix/Random House

10,99 €

„Kommt davon" ist eine (ganz andere) Geschichte rund um die Liebe.
Offen, ehrlich, sensibel, erotisch, pikant und nachdenklich. Mitunter eine Reise durch vergangene Jahrzehnte und ein „Versuch" der männlichen Hauptperson mit Kinofilmen etwas über die Liebe zu erfahren, damit er endlich seine Angebetete erobern kann.
Und dies verführerisch unbedarft und oft vollkommen überfordert.
Aber auch unschuldig, manchmal naiv … und vor allem zärtlich und schüchtern.

Andreas Heßelmann
Losglück
Eine deutsch-türkische
Liebesgeschichte

ISBN 978-3-7407-6240-7
Januar 2020

Verlag Twentysix/Random House

8,- €

„Liebe ist zweifellos der direkteste Zugang zum Leben. Aber wenn man keine zwanzig mehr ist, verlässt einen die Unbändigkeit des Lebens und man springt keine drei Stufen auf einmal hinunter. Dabei war ich mir sicher, nicht zu stürzen."

Ausgerechnet als er in seinem Leben ein wenig aufräumen möchte, lernt er an der türkischen Schwarzmeerküste eine junge Frau kennen, die es wert wäre, diese Stufen hinunterzuspringen.

Eine ungewöhnliche Liebesgeschichte. Erst in der Türkei spielend, dann in Deutschland.